N&K

Carlo Leone Spiller

In Wahrheit war es schön

Roman

NAGEL UND KIMCHE

Dieser Roman erhebt keinen Anspruch auf faktische Wahrheit.
Sämtliche Schilderungen dienen der fiktionalen Erzählung.

1. Auflage 2023
Originalausgabe

Gesetzt aus der Centennial
von GGP Media GmbH, Pößneck
Druck und Bindung von Pustet, Regensburg
Printed in Germany
ISBN 978-3-312-01297-8
www.nagel-kimche.ch

Klimaneutral
Druckprodukt
ClimatePartner.com/15109-2009-1001

MIX
Papier
FSC FSC® C014889

Inhalt

Der Garten

I

Donatella kam mit dem Suppenlöffel in der Hand erhoben angestürmt. Jeden Tag, um Punkt halb acht, versammelte sich die Familie zum Abendessen. Keine Minute später, selten zu früh. Ich war zu spät. In jenem Winter war es so kalt gewesen, dass das Kopfsteinpflaster in der steilen Kirchgasse des Zürcher Oberdorfs vereiste. Auf Plastiksäcken und alten Davoser Schlitten rasten wir den Hang hinab, am Grossmünster vorbei. Der Legende nach waren die Stadtheiligen Felix und Regula mit abgehackten Köpfen unter dem Arm hier herumspaziert, bevor sie sich zur Ruhe ins Grab legten. Karl der Grosse liess an der Stelle zu ihren Ehren die Kirche bauen. Daran dachten wir aber nicht, als wir halsbrecherisch und rücksichtslos in der pechschwarzen Nacht beinahe in die Hauswände am Talende der Gasse prallten. Bei diesem Spass vergass ich die Zeit, wollte den Glockenschlag nicht wahrhaben, der mir sagte, dass die sakrale Minute angebrochen war. Znacht um 19.30 Uhr, so zeigte es die schwach beleuchtete Digitaluhr auf dem Backofen, der die Teller wärmte.

Ich erstarrte, als Donatella in der Kochschürze um die Ecke bog und rief: »Carlo! Carlo Leone! Jetzt kommst du nach Hause!« Selbst meine Freunde verstummten und hielten inne. Reumütig, mit gesenktem Kopf, zottelte ich meiner Mutter hinterher. Kaum für die Kälte bekleidet und mit dem Suppenlöffel in der zornigen Faust, stapfte Donatella Livia Maria Maranta durch den Schnee. Einige Parallelgassen weiter betraten wir unter dem wachsamen Auge des Sandsteinvogels das *Haus zum Sitkust*. Paolo, mein Bruder, sass bereits am Tisch. Sein müder Blick verriet keine Überraschung, dass ich einmal mehr gegen die Vorschrift verstossen hatte. Mein Vater René hiess Donatella und mich willkommen. Amüsiert die Hände auf die Wampe schlagend, verkündete er das Mahl für eröffnet. Ich ass keinen Bissen. Stur starrte ich auf die leckere Kalbsbacke, den Kartoffelgratin und die mit Zwiebeln angedünsteten Bohnen. Obwohl ich wahnsinnig Hunger hatte, rührte ich das Besteck nicht an. Als Donatella mich schelten wollte, sagte René besänftigend: »Lascialo, lascialo.«

Von der Harschheit Donatellas selber harsch, schrie ich sie an: »Wenn du mich nicht gewollt hast, warum hast du mich dann nicht abgetrieben?« Ich stürmte ins Kinderzimmer. Das hatte gesessen. Es wurde ganz still in der Wohnung. Ich hörte meine Mutter in der Küche schluchzen. Mein Vater klopfte an der Tür und kam ins Zimmer. René setzte sich auf die Bettkante. Er sagte: »Das hat deine Mutter sehr verletzt. Du solltest dich bei ihr entschuldigen.« Ich war ausserordentlich schlecht im Entschuldigen. Stattdessen rief ich aus: »Du bist gar nicht mein richtiger Vater!« Ich weinte bittere Tränen ins Kissen.

Erst viel später erzählte mir Donatella, dass mein anderer Vater, der leibliche, sie zu einer Abtreibung gezwungen hatte. Henry hatte noch mehr von der Welt sehen wollen, ohne die Verantwortung für ein Kind zu übernehmen. Er war Fotograf, reiste für glamouröse und wichtige Zeitschriften rund um den Globus, in Kriegsgebiete, in den Untergrund New Yorks, auf der Jagd nach dem zeitlosen Augenblick. Er war ein Abenteurer, ein Draufgänger. Da passte kein kleiner Klotz am Bein. Auf dem Nachhauseweg aus dem Spital soll Henry dann aber gezweifelt haben, ob die Abtreibung die richtige Entscheidung gewesen war. In diesem Moment sei meiner Mutter klar geworden, dass sie nicht länger mit Henry zusammen sein konnte. Erstaunlicherweise schaffte ich es dennoch, das Licht der Welt zu erblicken. Mit offenen Augen, wie Donatella mir zuschrieb. Ich wollte immer nur schauen und sehen, schauen und sehen, sagte sie. Dass ich nun stark sei für zwei, für mich und mein ungeborenes älteres Geschwister, sagte Donatella.

Allen Widerständen und Tiefpunkten zum Trotz ist meine flüchtige Existenz auf der Erde akzeptiert worden. Donatella hat mir nicht nur eine unbändige Stärke gegeben, mit der ich mich erbarmungslos gegen meine Feinde wehrte und die ich irrigerweise auch gegen mich selbst richtete. Sie sah in mir einen Beobachter und begnadeten Zuhörer. Menschen erzählen mir schon nach kurzer Zeit Dinge, die sie vorher noch nie jemandem erzählt haben, von denen sie danach nicht sicher sind, ob sie überhaupt jemals jemandem davon erzählen wollten. Ich habe es dann bereits abgelichtet, verstaut im Archiv. Um es später wieder hervorzuholen, abgestaubt, wie das Sandkorn von einer Muschel umspeichelt. In einem grossen Karton bewahre ich die Abzüge auf dem Estrich auf. Aus dem Fundus habe ich eine Auswahl kuratiert.

Heute schlage ich gerne das Fotoalbum auf und zeige dem Besuch die Bilder meiner grossen Familie, geknipst mit blossem Auge und einem Zwinkern. Damit die Farben lichtecht knallen, lege ich Diapositive in den Projektor und erzähle eine Geschichte dazu. Auf den Bildern lächle ich, aber ich weiss, dass ich damals schon traurig gewesen bin. Einige der Fotos sind verblichen oder retuschiert, andere sind in der Reihenfolge vertauscht und durcheinandergeraten. Und einige sind kleinteilig zerschreddert und zerfetzt, verbrannt und in den Wind geschlagen.

Von den Demütigungen des Tages weichgeklopft, ging ich in die Küche. Donatella hatte bereits wie immer das ganze Geschirr abgespült. Sie rauchte ihre eine Zigarette, die sie sich pro Tag zugestand. Mit einem Glas Rotwein stand sie am Tresen. Sie hasste die geschmacklose Einbauküche. Die billigen Sperrholzplatten waren mit einem holzfarbenen Imitat verschalt, das sich von den Kochdämpfen rund um den Abzug bereits zu lösen begann. Ich entschuldigte mich. Donatella umarmte mich, drückte mich so fest, dass wir unsere Skelette spürten und durchsichtig wurden. Das machte sie nur, wenn es wirklich zählte.

2

Ich hatte es geschafft, mich zu entschuldigen. Das war keine Selbstverständlichkeit. Ein andermal weigerte ich mich, die Entschuldigung auszusprechen, obwohl René neben mir stand, mich ermunterte und aufforderte. Mit verschränkten Armen und verschlossenen Lippen sagte ich kein Wort. Wir standen vor Raffaelas Tür, deren Vater mit den Händen ringend sagte: »Ich verstehe schon, kein Problem, ich verstehe schon.«

An gewissen Tagen in der Woche ass ich jeweils über Mittag bei Raffaela. Sie war gleich alt, und wir besuchten dieselbe Schule. Ein imposantes Backsteingebäude am Hirschengraben, auf dessen steinernen Fluren ich mir einen Schaufelzahn ausschlug. Mit Raffaela verbrachte ich bei Gelegenheit über Mittag manchmal eine gewisse Zeit im Bett. Wir tummelten und spielten mit den Stofftieren. An jenem Mittag hatte sie ein hautenges, mit Rosenmuster bedrucktes Pyjama an. Ich erinnere mich gut an das Sonnenlicht, das ins Zimmer fiel. An einen Druck im Hals, den ich vorher nicht gekannt hatte. Als wir kurze Zeit später am Esstisch mit ihrer Mutter über den bisherigen Tag redeten, sagte Raffaela: »Wir haben im Bett Kinder gemacht.« Ich lief rot an. Es war sehr peinlich. Aber sicher würde ich mich nicht entschuldigen. Raffaelas Vater nahm es mir wohl trotz der gegenteilig gestikulierten Beteuerungen übel, weil ab dann ass ich nicht mehr dort über Mittag.

Stattdessen organisierte Donatella von nun an den Mittagstisch für die Primarschüler und -schülerinnen in unserer Wohnung an der Trittligasse. Manchmal waren wir bis zu acht Kinder, die sich um die lange Tafel drängten und immer mehr Hörnliauflauf in sich hineinstopften. Das war mein Lieblingsessen. Es bestand gar nicht aus Hörnli, sondern aus spitzen Penne. Beim Reinschaufeln mit dabei war auch mein bester Freund Nikolas. Wir nannten ihn alle Nick. Er war grösser als ich, bestimmt einen ganzen Kopf. Praktisch alle waren einen Kopf grösser als ich. Nick wohnte an der Kirchgasse. Sein Vater war Gesangsprofessor und selten zu Hause, seine Mutter arbeitete in einem ans Grossmünster gegliederten Kulturhaus. Eines unserer Lieblingsspiele war es, Münzen mit dem Feuerzeug glühend heiss zu machen und den Leuten auf der Kirchgasse vor die Füsse zu werfen. Schnell duckten wir uns hinter das Bord und warteten auf den Schmerzensschrei.

Im Kindergarten hatten Nick und ich dasselbe Mädchen geliebt, aber ich war es, den die goldhaarige Pfarrerinnentochter Johanna hinter dem Vorhang küsste. Die Pfarrerin im reformierten Grossmünster war Johannas Mutter. Um mich näher mit Johanna zu verbinden, wurde ich auf meinen Wunsch hin in der Kirche von ihrer Mutter getauft. Das war, kurz bevor ich in die Schule kam. Am ersten Tag der Primarstufe posierte ich mit meinem frisch angeschafften Lederranzen für das Erinnerungsfoto vor dem Schulhaus. Sorgfältig hatte ich das Fellmuster darauf ausgesucht. Ich bemerkte, dass ein neuer Lebensabschnitt begonnen hatte. Ich liebte nun Johannas beste Freundin Andrea. Sie hatte dunkle braune Haare und wohnte am anderen Ende der Altstadt. Daher hatte ich sie vorher noch nie gesehen. Andrea interessierte sich allerdings für einen älteren Jungen mit einer traurigen Aura und einem verschmitzten Gesicht. Nur einmal bei einem Schulausflug durfte ich Andreas Hand halten, als wir in Zweiergrüppchen marschierten.

Die Mittagstischgelage bei Donatella wurden nur übertroffen von den Partys, die meine Eltern am Abend schmissen. Die Gäste blieben bis spät in die Nacht, sodass ich nicht schlafen konnte. René war Werbetexter und hatte eine eigene Werbeagentur. Er konnte so lange feiern, wie er wollte. Trotzdem ging er immer pünktlich zur Arbeit. Wenn Donatellas Essen und der ausgesuchte Wein besonders gut gewesen waren, legte René eine Jazzplatte aus seinem ausgesuchten Fundus auf. Spätestens vom röhrenden Saxofon und der hämmernden Zugfahrt der Fusspauke wurde ich wieder geweckt. Paolo hingegen schien vom Rummel nichts mitzubekommen und schlief friedlich weiter. Vor dem Einschlafen sang Donatella uns Lieder vor, auch wenn Besuch da war. Zum Standardrepertoire gehörten »Alle Vögel sind schon da«, »Der Mond ist aufgegangen«, »Azzurro« von Adriano Celentano sowie »Chumm mir wei ga Chrieseli gwünne«.

Am Morgen stand als Erstes Donatella auf. Sie duschte, kochte Kaffee für René und bereitete das Frühstück vor. Ich ass Maisflocken mit Milch und Zucker, jeden Tag. Thema Nummer eins nach dem Aufstehen war das Abendessen. René und Donatella diskutierten das Menu.

René wollte Spaghetti alle vongole, aber Donatella ass am Mittag schon Nudeln, weshalb sie unmöglich am selben Tag nochmals Nudeln essen konnte. Ich packte meinen Rucksack für die Schule und spazierte die hundert Tritte der Trittligasse hoch, in den Rank bei der Winkelwiese, über den Rösslibrunnen hinab, vorbei am Obergericht, den Seilergraben beim gefährlichen Rotlicht rüber, am Kinderhort vorbei den Hirschengraben entlang bis zum Haupteingang mit der überdimensionalen, eisenbeschlagenen Holztür. Die war so massiv, dass ein Elektromotor mit angestrengtem Surren einen Flügel automatisch öffnete, wenn man die verzierte Türfalle drückte. Die Eingangshalle war hoch und mit Steinfratzen rund um ein Ziffernblatt geschmückt. Griechische Säulen umrahmten eine steile Treppe, die in die Pausenhalle führte. Von dort musste man einen weiteren Stock hochsteigen, bevor man die Klassenzimmer erreichte. Im zweiten Stock darüber waren die Zimmer der Sekundarstufe untergebracht. Im obersten Stock befand sich eine riesige Aula, deren Wände und Decken über und über mit aus Holz geschnitzten Zierfiguren übersät waren. Nebendran wohnte der Hausmeister mit seiner Frau in einer bescheidenen Dachwohnung.

In der Schule fiel es mir jeweils schwer, mich zu konzentrieren. Die Lernatmosphäre war durcheinander und voller Ablenkungen. Wegen Kindermangel wurden zwei bis drei Stufen zusammengelegt. Das machte das Unterrichten nicht einfacher. Meine Lehrerin Frau Matthis hatte ich aber so gerne, dass ich weinen musste, als ich einmal die Hausaufgaben vergessen hatte. René gab mir in geduldigen Stunden Nachhilfe und brachte mir bei, was ich in der Schule nicht gelernt hatte. Er probierte, mich für Mathematik und die Wunder der Zahlen zu begeistern. Ich war schnell frustriert und verstand nicht recht, warum ich das können musste. Für Renés Leidenschaft, das Schachspiel, war ich ebenfalls wenig empfänglich.

Viel spannender war das Spielen und Handeln mit Sammelkarten. Lukas besass einen ganzen Abfallsack voll davon. Wir stritten uns in den Pausen, wer die besten Karten hatte, zogen uns gegenseitig über den Tisch, lobten die eigenen Karten und trieben die Preise in die Höhe. In unzähligen Stunden tüftelten wir an Spielstrategien, um die neusten Anschaffungen zur Schau zu stellen. Die Regeln waren sehr komplex. Vieles im offiziellen Handbuch verstanden wir nicht richtig. Hinzu kamen spezielle Karten, die diese Regeln ausser Kraft setzten. Wir erfanden Ausnahmen und Sonderfälle zu eigenen Gunsten, die im nächsten Moment schon nicht mehr galten, und stritten über die Auslegung.

Heute muss ich ernüchtert feststellen, dass von all den mittlerweile wertvollen Karten mir nur wenige geblieben sind. Den Rest muss ich damals leichtfertig gegen minderwertige Ware umgetauscht haben.

3

Vor der Schulreife und vor dem Kindergarten hatte ich die Kinderkrippe an der Neustadtgasse besucht. In der Krippe lebte eine alte Schildkröte, die gemächlich durch den Hof und die Zimmer mit dem Spielzeug wanderte. Wir fütterten dem runzligen Kopf grünen Salat und Tomaten. Ich wollte unbedingt selbst eine Schildkröte haben. Donatella hatte aber keine Lust, sich um das Tier zu kümmern. Sie prophezeite, dass ich es bei ihr lassen würde, wenn ich erwachsen wäre, und sie die Schildkröte bis ins hohe Alter würde pflegen müssen. Deswegen einigten wir uns auf ein Aquarium. Zierfische sterben schneller.

Meine Betreuerin in der Krippe hiess Dominica. Sie war jung und sehr hübsch. Wenn sie uns Kinder verliess, sagte sie: »Eis zwei Stei, Dominica gaat jez hei.« Ich war so von ihrer Schönheit fasziniert, dass ich mich ankleiden und sein wollte wie sie. Ich stöberte in Donatellas Garderobe und zog mir Mädchenröcke und Strümpfe an. Ich war ein feiner und zierlicher Bub mit langen Wimpern. Für mein mädchenhaftes Aussehen wurde ich von den anderen Jungen gehänselt. Ihre schrillen und abwertenden Neckereien deutete ich als Dummheit oder Zuneigung. Ich setzte mich mit verbaler Kraft und unerschrockener Bereitschaft zur Gewalt durch. Bald gab ich den Ton an und bestimmte, was als Nächstes gespielt wurde. So flitzte ich in meinen Tigerfinken durch die Kinderkrippe und kickte mit dem roten Bömbel an der Fussspitze die Gegner aus dem Weg. Donatella war genauso unerschrocken. Einmal stand sie im Büro der Leiterin, die schwarzen Haare bis zum Po, und beschwerte sich nachdrücklich über das schlechte Mittagessen. Sie vermutete, ich würde deshalb so wenig essen. Auf Donatellas Frage, was ich über den Tag zu mir genommen habe, antwortete Dominica jeweils: »Einen Apfel und ein halbes Rigatoni.« Doch auch zu Hause ass ich nur Oliven und Sardellen.

Wenn Henry mich aus der Krippe abholen kam, pfiff er eine Erkennungsmelodie auf der Treppe. Dieselbe Melodie pfiff er auch, wenn er mich bei Donatella abholte. Ich verbrachte jedes zweite Wochenende bei ihm. Donatella hatte in der Scheidung das alleinige Sorgerecht für mich erstritten. Er fand, ich sei verweichlicht und mir fehle eindeutig der Vater. Henry hätte sich gerne mehr um mich gekümmert, sagte er oft. Diese Zeit würden wir nie wieder nachholen können. Er versprach mir einen Roadtrip durch Amerika, den wir nie machten. Henry gab Donatella die Schuld. Sie hätte unsere Familie zerstört. Mein erst noch anstehendes Leben sei durch den Zerfall des Kerns präemptiv ruiniert worden. Bevor er Daniela heiratete, bat er um meine Erlaubnis, wobei ich heute denke, dass es eher eine Bekanntmachung war. Daniela wurde die Mutter meiner beiden Schwestern. Das war unsere grosse Familie. Donatella, René, Henry, Daniela, mein Bruder Paolo und meine Schwestern Vanille und Stella. Gemeinsam feierten wir regelmässig Weihnachten, Geburtstage und das alltägliche Fest.

Renés Werbeagentur lief ausserordentlich gut. Seine Kunden waren *Mercedes Benz*, *Vespa* und ein paar kleinere Firmen. Er verschaffte auch Henry einige lukrative Aufträge. Die Schweiz meiner Kindheit war im noch nie dagewesenen Aufschwung. Vom bäuerlichen Billigland zur bäuerlichen Hochpreisinsel. Knausrige Steh-Apéros gab es damals noch nicht, ausgedehnte Bankette bis zum Umfallen waren an der Tagesordnung. Bei Firmenausflügen wurden die Nachzügler per Helikopter eingeflogen. Nach einem einzigen Arbeitstag konnte man die Miete in der Zürcher Altstadt bezahlen. Die Innenstadt galt als verrucht. Sie war erst im Begriff, komplett auf den Kopf gestellt und aufgemöbelt zu werden.

René, Donatella, Paolo und ich gingen an wundersame Orte wie Havanna in den Urlaub. Die Autos hupten, Senioren boten Zigarillos auf der Strasse an. Eine meiner schärfsten Erinnerungen ist der Aufstieg in einen Aussichtsturm. Dort bündelte der Fremdenführer mit einer Spiegelapparatur als Camera obscura den Ausblick in einer halbrunden Schüssel aus Ton. Das Bild war klarer als die Wirklichkeit. Zurück in Zürich, ass die ganze Familie gemeinsam, um Ferieneindrücke auszutauschen. Daniela fragte mich, ob ich in Kuba schöne Frauen gesehen hätte. Ich war überrumpelt. Vor der versammelten Gemeinde wusste ich nicht, was schlagfertig antworten, und Schlagfertigkeit wurde gewichtet. Ich wollte lieber vom Aussichtsturm erzählen. Schliesslich sagte ich unsicher: »Nein.« Sie kicherte und fragte: »Hast du schöne Männer gesehen?« Ich sagte nichts mehr. Erst während meines psychischen Zusammenbruchs sollte ich mir diese Frage wieder stellen. Ich rätselte, ob vielleicht meine schlechten Erfahrungen mit dem weiblichen Geschlecht daran lagen, dass ich grundsätzlich gar nicht daran interessiert war, sondern stattdessen am eigenen. Bis ich realisierte, dass dies ein Vorwand war, um mich nicht mit meinen tiefgreifenderen Problemen zu befassen.

Zur Familie gehörten auch mein Götti David und seine Kinder Emil und Hannah. David war ein international bekannter Künstler. Seine Kunst wurde auf dem Markt für sehr viel Geld gehandelt. David schenkte mir jeweils zum Geburtstag und zu Weihnachten einen blauen Geldschein, eingepackt in Couverts, die er für mich liebevoll bemalt und bezeichnet hatte. Dem eigentlichen Wert gegenüber ignorant, packte ich immer schnell das Geld aus. Die Couverts blieben zwischen dem zerknüllten Geschenkpapier liegen. Donatella sammelte sie ein und verwahrte sie für mich, bis ich selbst auf die Idee kam, die schönen Briefchen zu behalten. Darauf waren Zeichnungen von lachenden Blumen und singenden Vögeln bis zu schwarzen Schneemännern in schwarzen Schneestürmen. Heute habe ich nur noch vier dieser Couverts, von denen es einige mehr gegeben hat.

4

Henry hatte eine gewisse Unsensibilität für die Bedürfnisse des Gegenübers. Einmal, als ich mit ihm auf dem plastikgrauen Faxtelefon telefonierte, wurde mir übel. Er erzählte mir von einer Journalistin und frühen Vorkämpferin der Abstinenz, die meine Urgrosstante gewesen sein soll. Trotz meiner Warnungen wollte Henry immer noch mal etwas sagen, über die Soldatenstuben und das soziale Elend der Zeit, bis ich mich über das Gerät mit den schwach grün leuchtenden Tasten erbrach. Donatella behauptete, jedes Mal wenn ich das Wochenende bei ihm verbracht hatte, sei ich niedergeschlagen zurückgekehrt, und sie habe mich jeweils wieder aufpäppeln müssen.

Henry sang mir keine Lieder zum Einschlafen vor, las auch keine Geschichten vor, aber er hatte eine unbändige Lust am Fabulieren. Im Bett beteten wir, auf dem Rücken liegend, die Hände gefaltet: »Ängeli chumm, mach mich fromm, dass ich zu dir in Himmel chumm.« Er sagte, die Mitglieder seiner Familie hätten einen Beutel mit Goldstaub, den wir auf unsere Engelsflügel streuen könnten, um besser zu fliegen. Henry schrieb mir viele Briefe, die Donatella verwahrte, nachdem ich sie gelesen irgendwo in der geräumigen Altbauwohung an der Trittligasse liegen liess. Später, als ich in meiner jugendlichen Verwirrung und orientierungslos zwischen den beiden Vätern Streit mit Donatella bekam, zog ich für eine Weile zu Henry, aber das machte auch nichts besser.

Mein Geburtshaus an der Jenatschstrasse gibt es heute nicht mehr. Dort klotzt jetzt ein grauer Betonneubau, der nicht einmal besonders hoch ist und nur Büros beheimatet. Zuvor stand an dessen Stelle ein Backstein-Jugendstilgebäude mit verschnörkelt verzierten, langsam rostenden Balkongeländern. Im Parterre mit enorm hohen Räumen hatte Henry ein Fotostudio inklusive einer von ihm eingerichteten Dunkelkammer. Dort stand er und badete bei Rotlicht die Abzüge in Plastikgelten. Wir wohnten im Geschoss darüber. In meiner allerersten Erinnerung überhaupt sitze ich im Wohnzimmer an der Jenatschstrasse und spiele mit einem Lastwagen. Ein Arbeiter in einem blauen farbbefleckten Ganzkörperanzug spricht mit Donatella. Sie haben die Fensterläden neu gestrichen.

Als Kleinkind soll ich wahnsinnig vom Staubsauger fasziniert gewesen sein. Wenn Donatella damit saugte, wollte ich das Kabel einrollen lassen. Ich klatschte auf den Knopf und sagte: »blblblblblblb«, was dem Laut des schnellenden Kabels nahekam. Donatella verräumte das Gerät im Einbauschrank und vertröstete mich: »Wänn dänn de Papa chunnt.« Daraus machte ich »Täpu«, mein Übername für Henry, dessen Eltern ihn eigentlich Heinrich getauft hatten. Er aber liess sich Henry in den Pass eintragen. »Täpu« behielt ich bis in die Adoleszenz bei, und lange noch geisterte es in meinen Passwörtern herum.

Das Studio teilte Henry mit dem jüngeren Fotografen Serge, dem Sohn eines verstorbenen Arbeitskollegen von Henry. Im Estrich der Jenatschstrasse bastelte Serge mit mir an einer Märklin-Modelleisenbahn. Wir hatten das Zimmer extra geräumt, und Serge hatte eine grosse weisse Bauplatte als Grundlage besorgt. Die ersten Gleise waren schon gelegt. Mit dem Trafo steuerte ich den Zug durch die noch leere Welt. Als wir einmal intensiv am Verkabeln waren, kam Henry ins Mansardenzimmer und wollte mir etwas zeigen. Ich folgte ihm auf die Toilette, wo er mich mit meiner Bremsspur konfrontierte. Ab dann sagte er oft: »In diesem WC hockt ein Geist, der jedem, der zu lange scheisst, von unten eins

ins Füdli beisst.« Ich war dermassen beschämt, dass ich mich nicht mehr in den Dachstock traute und an der Modelleisenbahn nicht mehr mitbauen konnte. Für eine Weile hatte ich Angst, auf die Toilette zu gehen. Für sehr viel längere Zeit hatte ich Angst, im offenen Wasser zu schwimmen, weil ich am Grund den WC-Geist oder einen seiner Verwandten vermutete.

Später, als ich schon ein bisschen älter war, kam Serge mit seiner neu restaurierten Vespa. Auf einem weitläufigen Platz liess er mich auf den Roller aufsteigen, gab mir eine kurze Einführung und ich fuhr los. Es war ein grosser Spass, bis ich auf den einzigen Baum weit und breit zusteuerte. Ich bekam Panik und wusste nicht, wie ich das Ding zum Stillstand brachte. Ich bremste mit meinen Füssen am Boden und schrammte den Baumstamm, wobei es mir das rechte Fussgelenk einklemmte. Der neu lackierte Töff kippte zur Seite, und ich konnte ihn nicht mehr halten. Er fiel um und kratzte auf dem Boden. Seither habe ich ein lödeliges Aussenband, das schnell anreisst.

5

Im Oberdorf wohnten Raffaela, Nick, Flurin, Sia, Laura und gleich gegenüber Charlotte. Das waren die gleichaltrigen Kinder im Dreieck aus Kunsthaus, Grossmünster und Bellevue. Flurin wohnte nur einige Häuser weiter, so nah, dass wir uns gegenseitig besuchen konnten, indem wir über die Dächer stiegen. Dieser abenteuerliche Weg machte keinen geringen Anteil unserer Freundschaft aus. Es war nicht wirklich gefährlich, ausser an einem Abschnitt am Ende des Flachdaches, wenn man sich am Geländer von Flurins Balkon entlanghangeln musste. Mit Flurin verbrachte ich unzählige Stunden an seiner PlayStation, da Donatella mir keine Konsole erlaubte. Im Rausch des Knöpfedrückens schlachteten wir mit atemberaubenden akrobatischen Kampfmanövern sämtliche Heere gegnerischer Schwertkämpfer. Flurin war ein Jahr älter und kam früher in die Pubertät als ich. Eines Nachts klaute er das Strassenschild bei der Universität Zürich mit dem Namen »Doktor-Faust-Gasse«. Ich war sehr beeindruckt und fand mich damit ab, dass Flurin bereits in einer anderen Liga spielte.

Erst traten wir aber noch gemeinsam in einem Musikvideo auf, das Serge abdrehte. Es war der erste Hit eines aufsteigenden Schweizer Rappers, der einige Jahre später durch seine Zusammenarbeit mit Ländlerkapellen Verkaufsrekorde erzielte. Flurin stellte einen Peiniger dar, der mir meinen Fussball klaut. Fussball interessierte uns in Wirklichkeit nur als Videospiel am Bildschirm. Ich schaute traurig drein und war herzig. Auch als das Nachbarsmädchen mich abblitzen liess. Der Rapper munterte mich auf mit seinem Lied, das an den niedergeschlagenen Jungen gerichtet war. Wir hörten es in jenem Jahr in Dauerschleife, während wir auf die Dächer kletterten und den Sternenhimmel betrachteten.

Die gepflasterte und verwinkelte Gassenlandschaft der Altstadt glich, im Sommer heiss und voller blühender Hinterhöfe, einer menschenleeren Steinwüste, die uns

Kindern frei und offenstand, erkundet zu werden. Wir entdeckten Schleichwege zwischen den teilweise verbundenen Innenhöfen, Gärten, alte, vergessene Scheunen, pflückten Körbe voll Kirschen auf der verwunschenen Allmende, die sich, abgeschirmt von den nebulösen Offshoregeschäften, gleichsam mitten im Zentrum versteckte. In diesem weitläufigen und geheimen Gartensystem fanden wir ein winziges Katzenkind. Schwarz, mit einem weissen Punkt unten am Hals, verlassen. Die streunende Mutter hatte geworfen, eine Nachbarin hatte daraufhin den Tierschutz angerufen. Die ganze Familie wurde eingesammelt. Nur ein Katzenkind hatten sie im schattigen Dickicht übersehen. Das kleine Kätzchen taufte ich auf den Namen Sultan. Manchmal in der Abwandlung Sultanine, Sultanbüsi oder Schatzibüsi.

Es stellte sich heraus, dass es ein Weibchen war. Sultan gewöhnte sich nur langsam ans Katzendasein. Sie versteckte sich oft. Ungleich anderer Katzen, ass Sultan bei uns am Tisch. Sie legte ihre Pfote auf die Platte, um zu signalisieren, dass sie gerne ein weiteres Stückchen vom delikaten Ossobuco hätte. Wir sagten, Sultan sei ein Menschenbüsi, da sie nicht von Katzen, sondern von uns Menschen sozialisiert war. Sultan war meine innige Seelenverwandte. Tatsächlich kehrte sie nur auf mein Geheiss hin aus ihrem Reich zurück. Donatella rief vergeblich nach ihr. An den schulfreien Mittwochnachmittagen, wenn die Sonne warm in die Stube schien, lag ich oft stundenlang mit der Katze auf dem Bauch und las. Japanische Mangas wie *Dragonball* oder übersetzte *bandes dessinées*, die ersten Reihen von Joann Sfar. Bevor ich selbst lesen konnte, hatte mir Donatella alle Bücher von Astrid Lindgren mindestens einmal, manche zwei- oder dreimal vorgelesen, danach *Krabat* und *Die Unendliche Geschichte*.

Mit reinen Buchstaben wurde ich aus dem Kinderbuchladen an der Oberdorfstrasse versorgt. Ich war dort Stammkunde, und die Verkäuferinnen kannten meinen Geschmack. Ich las *Der Herr der Ringe, Der Goldene Kompass*, Fiktionen jeglicher Art sowie ernste Jugendliteratur über die Qualen des Erwachsenwerdens. *Sofies Welt* von Jostein Gaarder nährte mein Interesse an der Philosophie. In den Kinderbuchladen brachte ich auch meine ersten schriftstellerischen Versuche und vertraute sie meiner liebsten Verkäuferin Dorothea an. Sie ermutigte mich weiterzumachen. Zu der Zeit wollte ich Schriftsteller werden, weil ich dachte, Bücher zu verkaufen wäre ein grandioses passives Einkommen. Ist das Buch einmal geschrieben, kann man sich zurücklehnen und Tantiemen einsammeln. Warum wollten nicht alle Autor oder Autorin sein?

Die ersten Texte notierte ich in ein bläulich liniertes Schulheft. Es handelte sich um Beobachtungen über das Geschehen auf der Gasse. Oftmals kam ich schnell voran, aber genauso schnell gab ich wieder auf. Die Texte überarbeitete ich nie. Bei kurzen Aufsätzen in der Schule brillierte ich, und Deutsch wurde zu meinem Lieblingsfach. Bald erkannte ich, dass ohne Fiktion das Schreiben mich nicht interessierte. Darum begannen die Figuren aus der Gasse, Fantastereien anzustellen. Eine Geschichte handelte von einem Glücksritter. Er besass einen Füller, dessen Tinte das Mondlicht war. Damit schrieb er bei Nacht in die Luft oder direkt auf den hölzernen Schreibtisch. Ich hatte schon früh ein Talent für Worte gezeigt. Als ich gerade erst das Sprechen gelernt hatte, setzte ich mir Henrys Lesebrille verkehrt herum auf und schwatzte gescheit, was Erstaunen und Lachen auslöste. So wurde es mir zumindest erzählt.

Etwa zu jener Zeit, als ich die ersten Texte schrieb, entdeckte ich auch meine magischen Fähigkeiten. Wenn ich entschieden auf ein Rotlicht zuging, konnte ich es willentlich auf Grün schalten lassen, genau in dem Moment, wenn ich den Bordstein erreichte. Andere warteten schon lange an der Ampel, ich durfte ohne Unterbruch weitergehen. Ich schaffte mir verschiedene kleine Vorteile. Zum Beispiel sicherte ich mir in der Badi noch während des Anstehens, ohne etwas zu sagen, den allerletzten Stängel meines Lieblingseises. Die Kinder hinter mir erhielten eine enttäuschende Absage, während ich genüsslich an ihnen vorbeispazierte. Manchmal glückte es mir sogar, jene seltene Sammelkarte, die ich noch brauchte, in die ungeöffnete Packung zu zaubern. Einmal sagte ich korrekt voraus, welche Karten ich in der Packung finden würde.

Donatella bestärkte mich in meinen frühen Experimenten. Mit ihr übte ich mich in Telepathie. Sie dachte sehr intensiv an eine Zahl, und ich musste sie erraten. Es gelang mir nicht immer, aber ich wurde besser im Gedankenlesen. René fand nichts an diesem Spiel und erklärte uns für verrückt. Er pflegte zu sagen: »Ich glaube es erst, wenn ich es sehe.« Naturgemäss missglückten unsere

Vorführungen. René wiederum verstand sich perfekt auf Zaubertricks. Bei einem Ausflug in den Wald machte er mich glauben, er fände ein Geldstück nach dem anderen in einer Wiese. Wie irre rannte ich herum und suchte wie ein Tier auf allen vieren den Boden ab, ohne Erfolg. Immer wieder rief René einen neuen Fund aus, und ich eilte zu ihm. Bis ich endlich begriff, dass er ständig dieselben drei Münzen auflas und es keine magische Geldvermehrungswiese war. Den Fünfliber schenkte er mir.

6

Ich sammelte einige Narben im kindlichen Gesicht. Die erste hatte mir René beigebracht, kurz nachdem er und Donatella sich kennengelernt hatten. Um mich zu beeindrucken und für sich zu gewinnen, zeigte er mir, wie man auf dem Rücken liegend trocken Velofahren konnte. Ich war erstaunt und ging zu nah heran. Sein Fussnagel erwischte mich knapp unter dem Auge und hinterliess eine gut zwei Zentimeter breite Narbe. Diese ist heute noch gut zu sehen. Schockiert und von Reue hektisch, überpflasterte René die Wunde. Wir standen vor dem winzigen Spiegel im winzigen Badezimmer der noch winzigeren Wohnung an der Frankengasse, in der Donatella und ich nach ihrer Trennung von Henry wohnten. Wir schliefen auf einer breiten Futonmatraze direkt auf dem Boden. Ein rotes Sofa, das Donatella selber geschweisst hatte, diente als Raumtrenner. Sonst gab es so gut wie kein Mobiliar. Wir hatten eine Venusfliegenfalle, die ich unglaublich spannend fand und mit dem Finger reizte, bis sie ohne Beute zuschnappte. Hier besuchte uns René, und manchmal holte mich Henry für ein paar Tage ab. Die Einzimmerwohnung hatte eine enge, weiss geplättelte Küche, in der René und Donatella bis spät in die Nacht redeten. Ein oder zwei Jahre später zogen wir mit René in eine Dachstockwohnung am Napfplatz.

Dort bot sich René bei einem weiteren unglücklichen Zufall schon bald die nächste Gelegenheit für Reue. Auf dem Napfplatz prangte ein plätschernder Brunnen, mit klarem und eiskaltem Quellwasser, in dem wir an heissen Sommertagen badeten. Wir füllten Wasserballone an den Brunnenrohren und markierten damit gegenüber den Spaziergängern unser Territorium. René warf einen Ballon von der Dachterrasse, der mich direkt auf der Brust traf. Über die Falldistanz hatte das plastiküberzogene Wasser erhebliche Kraft entwickelt. Mir verschlug es den Atem, und es brannte höllisch. Ich meine mich zu erinnern, wie sich René die Hände vor den Mund und an den Kopf schlug.

Henry kündigte zwar gerne »Flätterewätter« an, er oder René schlugen mich aber nie, während Donatella in äusserster Verzweiflung zulangte. Es gab Kopfnüsse und Flättere, mit flacher Hand auf die Backe. Das erste Mal kenne ich nur aus Donatellas eigener Erzählung. Wir seien bei einer ihrer Freundinnen und deren Tochter zu Besuch gewesen. Die Tochter und ich spielten mit deren Puppen, wovon ich mich nicht losreissen konnte. Beim Verabschieden habe ich meine Schuhe immer wieder ausgezogen, die sie mir auf jeder Treppenstufe erneut schnürte. Ich liess mir die Schuhe binden, machte eine Stufe mit, setzte mich auf der nächsten hin und streifte die Schuhe ab. So ging es, bis Donatella die Geduld verlor und mir die erste Ohrfeige gab. Ich sei ganz still geblieben, hätte mir die Schuhe anziehen lassen, sei mit ihr auf die Strasse, wo ich plötzlich lauthals angefangen habe zu schreien: »Meine Mutter hat mich geschlagen! Meine Mutter hat mich geschlagen!« Blass vor Scham habe sie die Alarmsirene an der Hand durch die Gassen gezerrt, die schrill die Nachricht verkündete.

Donatella schilderte ihre eigene Mutter als verbitterte Zynikerin. Nonna Clementine war als Bauerntochter auf einem Hof im Thurgau aufgewachsen. Heuen, Steine aus dem Feld räumen, sich um das Vieh kümmern, aufpassen, dass die Kühe nicht aufs Feld des Nachbars trampelten. Dabei halfen Hunde. Auf dem Hof lebten auch vier bis fünf Katzen. Zum Werfen versteckten sie sich und gruben an der Scheunenwand eine Höhle ins Heu. Zwei der Kätzchen wurden behalten, den Rest töteten die Knechte. Wie es damals üblich war, erbte Clementines Bruder Kurt den gesamten Hof, obwohl er das jüngste Kind war. Kurt und seine Frau schotteten sich mehr und mehr ab, vertrieben letztlich die eigene Mutter. Ab da ist der Kontakt abgebrochen. Ich habe meinen Grossonkel nie kennengelernt und das weitläufige Ackerland in Diessenhofen nur auf öffentlich verfügbaren Satellitenbildern begutachtet.

Die vier Schwestern entkamen der bäuerlichen Herkunft. Vrene arbeitete als Kinderbetreuerin, Gret als Flugbegleiterin bei der Swissair, Minggi als Dolmetscherin für das Französische in aller Welt. Die Alternative wäre in jedem Fall gewesen, sich auf einem anderen Bauernhof als Magd zu verdingen. Das Geld für ihr Studium musste Clementine beim Vater auf dem Hof abarbeiten. In der Stadt Zürich besuchte sie als eine der ersten Frauen überhaupt die Kunstgewerbeschule. Sie bewegte sich in situationistischen Kreisen, besprach den Existenzialismus in brodelnden Cafés am Limmatquai. Ihren Lehrer Johannes Itten mochte Clementine nicht. Nach dem Abschluss entwarf sie in einer Weberei Stoffe für die Kundschaft. Lebensfroh und überdreht soll Clementine meinem Grossvater Bartolomeo beim Tanz die Zunge rausgestreckt haben. Zur Strafe habe er sie geheiratet. Erst nachdem die Kinder ausgezogen waren, nahm Clementine den Faden wieder auf. Sie nähte mächtige Quilts als Wandteppiche, von denen ich einen besitze. Erst nach dem Tod Bartolomeos und im hohen Alter lachte Clementine wieder oft und herzlich.

Bartolomeo war Chefradiologe im Stadtspital Waid gewesen. Da er oft spät nach Hause kam, ass er nicht mit der Familie, sondern stand mitten in der Nacht auf und leerte den Kühlschrank, wobei er eine ungeheuerliche Sauerei hinterliess, um frühmorgens wieder zur Arbeit zu fahren. Clementine räumte die Küche auf. Bartolomeo stammte aus dem Puschlav, auch das vergessene Tal genannt. Über den Berninapass fährt die Bahn eine wunderschöne Strecke, die zum UNESCO-Weltkulturerbe gehört, hinab ins Val Poschiavo, das nach Italien offen ist. Von dort sollen die Marantas ursprünglich eingewandert sein, obwohl Donatella behauptete, es seien auch mongolische Horden im Spiel gewesen. Selbst der Sohn eines katholischen

Allgemeinpraktikers, besuchte Bartolomeo die strenge Klosterschule in Disentis. Gegen das Internat kursierten später Missbrauchsvorwürfe. Zum Medizinstudium ging Bartolomeo nach Zürich. Er wurde Freimaurer und trat aus der Kirche aus. Wie er flammender Antifaschist war, verteufelte er zeit seines Lebens auch die Kirche. Auf dem Sterbebett betete er jedoch nochmals auf Lateinisch gestochen scharf und fehlerlos alles rauf und runter.

Noch bevor Donatella die Volljährigkeit erreichte, hatte Bartolomeo sie bereits mehrfach enterbt sowie vor ihren Augen ihre liebste Kuscheldecke im Kamin verbrannt. Sie war als Mädchen aufgewachsen, für das die Gesellschaft kein Stimmrecht vorgesehen hatte. Donatella flüchtete schliesslich vor dem schwelenden Streit aus der Agglomeration nach Zürich. Die Stadt, damals ein Dorf, war grösstenteils ärmlich. Herren in Anzügen patrouillierten am Paradeplatz und legten das Fundament für die Skandale des Finanzstandorts. Nicht weit davon entfernt erstreckten sich entlang der Bahngeleise Siedlungen improvisierter Hütten. Donatella hielt sich mit Gelegenheitsjobs über Wasser. Sie arbeitete im Schnellimbiss und las Tolstoi, während die Jugendunruhen begannen. Mitten im erwachenden Geist fanden sich die Bohemiens zusammen. Die Kunstszene Zürichs war so klein, dass eine einzige Bar reichte, um sie zu beherbergen. Im *Kontiki* lernte Donatella Henry, David und auch René kennen. Der wirtschaftliche Aufschwung und das gemeinsame Ziel, Zürich auf der Weltkarte zu platzieren, einte die Generation meiner Eltern. Der Erfolg der Kameraden war stets auch der eigene.

Gestritten wurde auch bei uns zu Hause viel und mit Überzeugung. Davon zeugt der Hick, den die massive Fernbedienung in der Türe zum Wohnzimmer hinterlassen hatte. Wenn René spät nach Hause kam, kurz nach sieben, und vom Arbeitstag schlecht gelaunt bei Tisch war, gab es oft langwierige Diskussionen, deren Ziel sich ständig verschob. Manchmal, aber nicht immer, konnte ein Griff zum dtv-Lexikon in zwanzig Bänden die Uneinigkeit beilegen. »Wenn ich es sage! Jetzt sei mal still«, blaffte René meine Mutter an und haute auf den Tisch. Instinktiv wollte ich sie beschützen und probierte zu schlichten. So lernte ich, dass meine Worte Wirkung hatten. Ich übernahm die Rolle der Vernunft und der Moderation. Auch bei den Streitereien zwischen Henry und Donatella musste ich vermitteln. Mit dieser frühen Verantwortung beladen, wollte ich in der Jugend die destruktive und manipulierende Macht meiner Sprache testen. Vor allem aber blieben mir Hände, die, oftmals ohne es zu wollen, das Glück der anderen sponnen.

Dieses Glück speiste sich aus der Trittligasse. Vom Napfplatz zogen wir weiter an die Gasse mit den hundert Tritten, als mein Bruder Paolo einige Monate alt war. Hier verbrachte ich den Grossteil meiner Kindheit und Jugend. Die Wohnung war die schönste in ganz Zürich. Über eine Balkonterrasse schloss das Wohnzimmer an das enorme Gartensystem zwischen Rämistrasse, Winkelwiese und der Trittligasse an. Die Pflanzen wucherten über das Geländer hinaus und griffen mit den Ästen in Richtung der Passanten, die von der Oberdorfstrasse herauf staunten. Sie sahen aber nur die scheuen ersten Meter eines Gebietes, das knapp fünfzehntausend Quadratmeter umfasste. Das Areal, in dem Sultan herrschte, war die heimliche Quelle, aus der sich mein Weltbild schöpfte. In den Garten konnte ich in Gedanken immer wieder zurückkehren. Der Schatz im Herzen schützte mich. Hier wohnten die Musen und Feen, die mir meinen Gesang eingaben, die Musik anstimmten, die ich rezitierte, wenn es mir schlecht erging im Leben. Ich schrieb Prosaminiaturen, bis ich mir die Kürze eingestand und vollends zur Lyrik wechselte. Entgegen meinen Erwartungen verdienten die merkwürdigen Lieder keine Tantiemen.

Die Nachbarstochter Laura sah von ihrem Zimmer in unseren Garten. Wenn ich dort sass und Sultan streichelte, stellte ich mir vor, dass sie mich beobachtete. Bei ihr ass ich gelegentlich zu Mittag. Lauras Vater war ein hohes Tier bei der Bank. Die Wohnung war komplett mit moderner Kunst vollgestellt. Ihre Mutter hatte seit jeher gräuliche Haare. Sie fand es ganz schrecklich, als ich erzählte, dass Henry von mir verlangte, das Seifenstück nach dem Aufschäumen und Händewaschen nochmals abzuspülen, um es vom Schmutz der Hände und den Blasen zu reinigen. Als Laura einmal bei uns zu Hause war, nahmen wir gemeinsam ein Bad. Ich erfand ein Spiel, bei dem man den anderen blind an einer zufälligen Körperstelle kneifen musste.

7

Neben dem Kinderbuchladen gab es in der Oberdorfstrasse einen Spielwarenladen. Im *Rien Ne Va Plus*, wir sagten »riänävaplü«, kauften wir die Sammelkarten, mit denen wir magische Duelle austrugen. Der langhaarige und dürre Eigentümer des Ladens hatte schlauerweise eine dicke Truhe mit billigen Karten gefüllt, woraus wir uns gratis bedienen durften. So kamen wir mit dem Verlangen nach mächtigeren Beschwörungen immer wieder zurück. Die Karten waren Zauberformeln. Gewonnen hatte, wer mithilfe der Sprüche und Gegensprüche die Lebenspunkte des Gegners auf null gebracht hatte. Bessere Karten lieferten einen entscheidenden Vorteil. Einer der Angestellten besass überquellende Ordner, in denen er seine unzähligen Karten aufbewahrte. Mit glasigen Augen blätterten wir darin und bettelten, dass er uns welche schenke. Manchmal konnten wir ihn erweichen, manchmal tauschte er knallhart zu seinem Vorteil. Heute arbeitet er nicht mehr dort. Vielleicht ist er mit seiner Sammlung reich geworden.

Im Erdgeschoss unter unserer Wohnung befand sich ein Lebensmittelladen. Der Laden war so klein und vollgestopft, dass man sich kaum umdrehen konnte. Der Eigentümer war ein schrulliger alter Mann, Herr Benz. Er hatte grosse Freude an uns Kindern. Er schenkte uns jeweils ein Wasserglace oder Kaugummis, wenn wir an den Händen unserer Mütter an der Kasse standen und herzig blickten. Am liebsten hatte ich Comella, ein extrem stark gezuckertes Schokoladengetränk. Herr Benz hatte ein ganzes Regal voll Comella in den verschiedensten Ausführungen. Als Literflasche, Halbliterflasche, Tetrapack und als Tetrapack zum Mitnehmen mit einem dünnen Plastikstrohhalm an die Packung angeleimt. Das Comella-Regal war geschickt neben dem Milchregal platziert, sodass jedes Kind, das seinen Elternteil (die Mutter) beim Einkauf begleitete, es unweigerlich sehen musste.

Mit Herrn Benz ging auch sein Laden in den Ruhestand. Nach einer Totalsanierung und Aushöhlung, wobei das Lokal um einiges erweitert wurde, eröffnete erneut ein Lebensmittelladen. Die weissen Kühlregale summten unpersönlich. Wir kauften dort übermässig süsse amerikanische Glace mit Keksteigstückchen drin. Dieser Laden hielt sich nicht sehr lange, bevor dort ebenfalls ein Kleiderladen einzog. Ein ähnliches Schicksal ereilte fast alle Läden in der Oberdorfstrasse. Sie wurden oftmals, nach einigen Wechseln, letztlich durch Kleiderläden oder Imbisse ersetzt. »Schon wieder ein neuer Lumpenladen«, klagte Henry über die fortschreitende Aufpolierung des Dörfchens.

Nur die Blumenbinderei und das Buchantiquariat wurden durch luxuriösere Varianten derselben Branche aufgewertet. Den Blumenladen übernahm die Tochter der uralten Frau Binder, die bis zu ihrem Tod in ihrem Laden arbeitete. Die Tochter renovierte das Lokal und bot weniger, dafür teurere Blumen an. Im Buchantiquariat waren nach einem Besitzerwechsel statt billiger und abgegriffener Groschenromane neuerdings wertvolle Erstausgaben von Dürrenmatt bis Kleist zu haben. Der Plattenladen verschwand gänzlich von der Bildfläche und wurde durch ein Schnellrestaurant ersetzt. Früher bin ich dort reingegangen, habe mir einen Stapel CDs ausgewählt und dem Personal am Tresen übergeben. Sie öffneten die Verpackungen und legten die Discs nacheinander in den Plattenspieler. Ich zog die ledergepolsterten Kopfhörer über die Ohren und tauchte abgeschirmt in die Musik ein. Auf dem bequemen Hocker durfte ich stundenlang konzentriert den neusten Erscheinungen lauschen.

Donatella ging meistens am Wochenmarkt einkaufen. Mittwochs auf dem Bürkliplatz und freitags auf dem Helvetiaplatz. Sie wollte nur die frischesten und leckersten Zutaten für die Küche. Sie hatte einen Markthändler des Vertrauens, bei dem sie seit ihrer Jugend das Gemüse kaufte. An einem anderen Stand kaufte sie das Fleisch. Wenn René vor der Arbeit mit auf den Markt ging, verbot sie ihm beim Anstehen das Sprechen. Die anderen Kunden durften auf keinen Fall wissen, was sie kaufen wollte. Donatella glaubte, dass die Leute auf die Idee kommen könnten, es ihr vor der Nase wegzuschnappen.

Sie war eine herausragende Köchin. Eine Weile hatte sie im Restaurant *Gusto Mondial* gearbeitet, ohne jemals eine Ausbildung gemacht zu haben. Damals war sie mit Henry zusammen und ich ganz klein. Ich kann mich aber deutlich an die mit rotem Leder bezogenen runden Sitzecken erinnern, auf denen ich einschlief, während Henry auf Donatella wartete und sich gleichzeitig lärmend verköstigte. Wenn Donatella mich nach Hause trug, lag mein Ohr auf ihrer Schulter. Beim Gehen hob und senkte sich mein Kopf im Takt ihrer Schritte. Ich hörte das Strassenrauschen abwechselnd nur auf einem, dann wieder auf beiden Ohren. In diesem Nachhausegetragenwerden war ich daheim und geborgen. So sehr, dass ich mir manchmal, viel später, eine Meeresmuschel ans Ohr hielt und wieder lüpfte, um das rhythmische Rauschen zu hören, das untrennbar damit verbunden war.

Das Kochen verliess Donatella nie. Oft sagten wir, sie müsse ein Restaurant eröffnen. Es würde bestimmt ein grosser Erfolg werden. Sie winkte ab und verdrehte die Augen. Damit jedoch ihren Kindern das Kochen nicht völlig abhandenkäme, schrieb sie zwei Kochbücher. Viele der Rezepte darin kann ich heute auswendig. Sie illustrierte die Kochbücher selbst und gestaltete farbenfrohe Seiten. Ein befreundeter Koch und Buchhändler gründete eigens für *Pi mal Daumen* und *Nicoletta* einen neuen Verlag.

Donatella hatte, wie ihre Mutter Clementine vor ihr an der Kunstgewerbeschule Zürich, die Textilklasse besucht. Bevor ich es durch mein Kindsein verunmöglichte, gestaltete sie Kleider unter anderem für *Hennes & Mauritz*. Danach wechselte sie zur Malerei. Kleinformatige, fotorealistische Gouachen auf Sperrholz mit Szenen und Objekten des Alltags waren ihr Markenzeichen. Zwischen David und Henry wurde sie in der von Männern dominierten Kunstwelt nicht ernst genommen. Ein Freund behauptete, dass sie zu jung für die Alten und zu alt für die Jungen sei. David soll einmal zu ihr gesagt haben: »Handwerk allein reicht nicht aus, um gute Kunst zu machen.« Als die Kinder erwachsen waren und sie wieder

Zeit für sich hatte, wechselte Donatella zurück zum Textil und strickte in stundenlanger Arbeit hochwertige Kleidung, Decken und liebste Stofftiere. Donatella musste ein paar Jahrzehnte warten, bevor sie von einer feministischen Koryphäe unerwartet, aber verdient als Vorreiterin anerkannt und als Künstlerin berühmt wurde.

8

Mein Bruder Paolo ist sechs Jahre jünger als ich. Ich hatte mich sehr auf seine Geburt gefreut. Ich malte mir aus, wie er als ungeschickter Knopf umfallen würde und ich ihn vor grossen Gefahren retten würde. Als er auf der Welt war, ekelte ich mich vor dem menschlichen Ding. Paolo sabberte unendlich viel. Einmal hob ich ihn hoch über meinen Kopf. Ein Sabberstrahl flog direkt in mein Auge und lief teilweise in meinen Mund. Meine Retterfantasien waren verflogen. Danach hatte ich für eine lange Zeit eine Speichelphobie. Ich konnte nicht aus einer Wasserflasche trinken, aus der schon jemand getrunken hatte, oder eine Gabel benutzen, die jemand bereits im Mund gehabt hatte.

Donatella wollte, dass ich alles mit Paolo teilte. Das erschien mir extrem ungerecht. Wenn er sein Glace schon gegessen hatte, das ich sparsam löffelte, musste ich meinen Rest mit ihm teilen. Das bedeutete, ich musste es ihm abgeben. Was ich mit Paolo teilte, eignete er sich als Kind sofort an. Ein paarmal schlug ich Paolo, als er noch wehrlos war, bis ich älter wurde und begriff, dass es nicht in Ordnung ist. Seither hoffe ich, dass er sich nicht daran erinnern kann, wie ich ihm einmal hinterhältig ins Bein kickte.

Gewalt prägte auch später unsere Beziehung. Als Paolo schon älter war, spielten wir mit Nick und Simon häufig Spiele, bei denen reglementiert zugeschlagen wurde. Zum Beispiel formte man mit Zeigefinger und Daumen einen Kreis. Wenn der andere reinblickte, wenn auch nur kurz und aus Versehen, durfte er auf den Arm geschlagen werden. Schaffte er es jedoch, den Zeigefinger in den geformten Kreis zu stecken, musste man selbst hinhalten. Vor dem genau platzierten Schlag markierte man die Stelle am Arm des anderen mit einem in die Luft gezeichneten X. Gezielt wurde auf die schwache Stelle zwischen Bizeps und Schultermuskulatur, wo der Knochen ungeschützt frei liegt. Traf man richtig mit einem gekonnten Schlag, tat es höllisch weh.

Bei einem anderen Spiel musste man sich gegenseitig auf die Oberseite der Faust hauen. Die Fäuste wurden bei den Knöcheln zusammengesteckt. Das Spiel hiess deshalb »Chnödle«. Dann durfte man sich Zeit lassen, um plötzlich und kraftvoll auf die hingehaltene Faust zu brettern. Konnte die Faust aber rechtzeitig entkommen und ging der Schlag ins Leere, war der andere am Zug. Wir spielten es nie, bis die Handrücken blutig waren, aber es soll schon vorgekommen sein.

Mit Simon plante Paolo, was sie CNA, Carlo-Nerv-Aktionen, nannten. Wenn ich in der Stube flach auf dem Boden lag und ein Buch las, Sultan bei mir, schlichen sie sich hinter Kissen getarnt an, schossen mit Gummibändern oder machten unerträgliche Geräusche. Als das vernünftige ältere Geschwister blieb mir nichts anderes übrig, als mich in meinem Zimmer einzusperren. Ich musste es jetzt nicht mehr mit Paolo teilen. Es liess sich nicht von allen Seiten gleich gut abschliessen. Die eine der beiden Türen musste ich ständig bewachen, da sie mit ein wenig Geschick von aussen geöffnet werden konnte. Sie kratzten an den Türen oder probierten, das schwächere Schloss zu knacken. Die Nervaktionen hatten ihren Namen verdient. Nick ging brutaler mit seinem jüngeren Bruder Simon um als ich mit Paolo. Daher wurde er auch nicht genervt. Ich übte mich in Geduld.

Livia, Renés Mutter, passte manchmal auf uns auf. Sie war im Italien des Zweiten Weltkriegs aufgewachsen. Sie schalt mich, wenn ich zu viel WC-Papier benutzte und die Rolle nicht fein säuberlich aufwickelte. Livia war eine strenge, nüchterne Frau, und wir konnten uns in ihrer Anwesenheit nichts erlauben. Gegenüber Donatella beklagte sie meine aufmüpfige Frechheit und wie ich ihren Enkel behandelte. René hingegen veranstaltete mit Paolo und mir Kampfturniere, die auf dem breiten roten Teppich im Wohnzimmer stattfanden. Wir wählten ein Monster, das wir verkörperten, und traten als diese Monster mit den ihnen eigenen Attacken gegeneinander an. Dazu liefen die Bravo Hits 96, was für René nur schwer auszuhalten war. Lieber hätte er etwas aus dem vollgestopften Plattenschrank gehört.

René war Schiedsrichter und schaute, dass wir uns nicht ernsthaft verletzten. Obwohl René Paolos leiblicher Vater war, bevorzugte er ihn bei diesen spielerischen

Wettkämpfen nicht. In meiner Jugend würde eine Zeit kommen, in der ich René als Vater abwies. Ich fühlte mich wie ein Eindringling in der familiären Einheit, von der ich dachte, ich hätte sie nie gehabt. René ertrug diese Abweisung mit fatalistischer Gelassenheit und sagte: »Wenn du ein Arschloch brauchst in deinem Leben, kann ich es für dich sein.« Es dauerte lange, bis ich René als meinen Vater anerkannte und begriff, dass ich mich nicht zwischen zwei Vätern entscheiden musste, sondern zwei davon hatte.

9

Ich war ein zarter Knabe mit schlanken Proportionen und dunkelblonden Haaren um das hübsche Gesicht. Meine Arme hatten noch keine Muskeln gebildet. In der Hierarchie halbstarker Männer musste ich mich deswegen umso mehr beweisen. Nick sagte, ich sei sein bester Freund, auch wenn ich der Kleinste sei. Wir spielten Fussball im Pausenhof des Hirschengrabens, schlugen den zerfransten Ledersack gegen die Wand. Wegen meiner schnellen Reaktion war ich Torwart. Das änderte sich, je älter wir wurden. Bald konnte ich den stark getretenen Bällen nicht mehr hinterherhechten. Ich war verloren im viel zu grossen Rechteck. René sprach mir gut zu und beschwor einen in kürzester Zeit einsetzenden Wachstumsschub. Er selbst sei immer einen Kopf kürzer als die anderen gewesen, bis er über Nacht wie eine Bohnenstange in die Höhe geschossen war. Das traf auf Paolo zu, aber ich blieb mein Leben lang ein kleiner Mann.

Einmal, als wir nach dem Sport allein in der Umkleidekabine waren, schlug Nick vor, Geld aus einem Portemonnaie zu klauen. Ich zögerte und fand es keine gute Idee. Um nicht als feige und ängstlich dazustehen, nahm ich den Einfränkler entgegen, den Nick mir zusteckte. Auf dem Nachhauseweg überfiel mich eine Panik aufzufliegen. Ich vergrub die Münze in einer Böschung. Beim Mittagessen verschwieg ich Donatella die Geschichte. Das Telefon klingelte. Es war Nicks Mutter. Unsere Mütter nahmen Nick und mich noch am selben Tag in die Schule, um Frau Matthis alles zu beichten. Als wäre die Erniedrigung vor meiner geliebten Frau Matthis nicht genug, mussten wir das Geld zurückgeben. Da ich mir die Schatzstelle nicht genau gemerkt hatte, zahlte ich für diese gescheiterte Diebestour noch drauf.

In der dritten Primarstufe bekamen wir eine neue Lehrerin. Nicht mehr Frau Matthis, sondern Frau Koller war während der nächsten zwei Schuljahre für uns zuständig. Sie konnte mich nicht ausstehen. Es gab noch andere Kinder, die Frau Koller nicht ausstehen konnte. Möglicherweise konnte sie Kinder im Allgemeinen nicht ausstehen. Meiner Nachbarin und Klassenkameradin Sia zeigte Frau Koller in einem Moment irren Jähzorns den Mittelfinger. Es dauerte einige Jahre, bis Frau Koller die Konsequenzen in Form einer Versetzung tragen musste. In der Zwischenzeit terrorisierte sie uns. Bruchrechnen und anderen Stoff dieser Stufe lernte ich überhaupt nicht.

Im Klassenzimmer mussten wir Finken tragen. Auf dem Linoleum rutschten wir um die Wette. Nicht nur der Filz der Finken, sondern auch der Jeansstoff der Hosen glitt hervorragend über den Boden. Einmal hatte ich solchen Schwung, dass ich in einen Stapel Plastikwannen an der Zimmerwand krachte. Zwei oder drei der Behälter wurden am gewölbten Rand leicht beschädigt, aber nicht in der Funktion beeinträchtigt. Dennoch startete Frau Koller eine kriminalistische Ermittlung. Sie befragte mehrere Schülerinnen und Schüler. Sie stellte die Szene nach. Berechnete die Kraft des Aufpralls. Ich hielt mich bedeckt. Nach den Sommerferien wechselten wir in die fünfte Klasse zu einer neuen Lehrerin. Ich wähnte mich in Sicherheit. Etwa zwei Wochen nach Beginn des nächsten Schuljahres holte mich Frau Koller aus dem Sportunterricht. Bei den Garderoben stellte sie mich zur Rede. Sie habe herausgefunden, dass ich die Kisten beschädigt hätte. Ein Freund habe mich verraten. Derart überrumpelt, war ich geständig. Ja, ich habe die Wannen am Rand beschädigt! Ich musste weinen.

Wir hatten den Auftrag gehabt, in den gelblichen Schalen Karottensamen zu pflanzen und das Wachstum zu verfolgen. In ein Journalheft sollten wir notieren, dass wir weisse Blüten hatten beobachten können. Frau Koller vergass jedoch, dass Karotten erst im zweiten Jahr blühen. Donatella fand es hochgradig idiotisch, dass Frau Koller uns trotzdem aufschreiben liess, wir hätten weisse Blüten gesehen. Das Experiment wurde abgebrochen, und die gestapelten Schalen verstaubten, bevor ich krachend das Interesse an diesen wichtigen Utensilien wiederbelebte.

Am Abend rief René bei Frau Koller an und stellte sich als Donatella Marantas Mann vor. Vom anderen Ende der

Leitung kam ein tiefer Seufzer. »Was ist mit den Schalen?«, fragte René. »In jeder Schule geht ab und zu etwas kaputt, das ist normal für Schulmaterial«, fuhr er fort, »und überhaupt ist das Experiment mit den Karotten fehlgeschlagen, dafür zahle ich keinen Rappen.« Frau Koller fauchte: »Das ist die Trittligasse«, und legte auf. Schlussendlich musste die Trittligasse nicht für das kantonale Eigentum aufkommen. Seither verfolgte mich der Gedanke an Frau Koller durch die dunklen Korridore des Schulhauses am Hirschengraben. Sie konnte überall und jederzeit zuschlagen. Besonders die Garderoben und Sporthallen waren als Ort des Zugriffs unheimlich.

Ausserhalb der Schulzimmer schluckte ein Bodenbelag aus schwarzem Schiefer das Licht. An den Rändern verzierten und begrenzten weiss-gelbliche Mosaike die rechteckigen Flächen. Auch dieser über die Jahrhunderte glatt abgewetzte Boden war für Finken besonders rutschig. Als ich einmal in die Pause stürmte, glitt ich aus, stolperte und fiel mit dem Gesicht flach auf den Stein. Vom Schock voller Adrenalin richtete ich mich auf. Ich fühlte mich unverletzt, bis ich mit der Zunge vorne über die Zahnreihe fuhr. Statt dem eben erst gewachsenen Schaufelzahn spürte ich eine Lücke. Etwas Spitzes drückte in die Zunge. Ungläubig leckte ich die Stelle wieder und wieder, mit demselben Ergebnis.

Eine Schülerin der Sekundarstufe fand mich stehend, orientierungslos, leerer Blick. Sie nahm mich aufs Lehrerzimmer, wo mich Frau Koller betreute. Die Schülerin ging auf die Suche nach dem verlorenen Zahn. Als sie fündig zurückkam, wies Frau Koller sie an, das eckige

Stück in ein Glas Milch zu legen. Die abgesplitterte Hälfte wirkte erstaunlich klein. Meine Mutter kam und nahm mich mit in den Notfall der universitären Zahnklinik. Ein Arzt, der auf merkwürdige Art meinem Grossvater glich, leimte den unteren Zacken der Krone wieder an. Der Nerv konnte nicht gerettet werden. Der Arzt prophezeite, dass sich mein wunderschöner Schaufelzahn bräunlich verfärben würde und dass dagegen nichts gemacht werden könne. Eines Tages würde sich der Leim lösen und der Zahn ausfallen. Ich bräuchte dann einen Ersatz, zum Beispiel aus Gold. Damit wollte er mich vielleicht aufmuntern, weil er dachte, ich fände Goldzähne prima. Heute habe ich nach mehreren Wurzelbehandlungen immer noch den angeleimten Zahn im Mund. Die heile Welt klebt nur auf Zeit.

10

An einem sehr kalten und windstillen Wintermorgen gingen René, Stefan, Henry und ich in eine der Badeanstalten am See. Stefan war Literaturkritiker und ein Freund der Familie. Auf dem frostigen Gras zeigte uns René, wie man die Angel warf. Nicht der ordinäre, banale Stock für den See, sondern die flexible, filigrane und elegante Rute für die Fliegenfischerei an Flüssen und Bächen. Ich war ein Naturtalent. Während Henry und Stefan ungeschickt mit Schnur und Angel fuchtelten, platzierte ich das Silk bereits präzise am Ziel. Leise legte sich der Fischerfaden auf das von Reif graue Gras. Beim Fliegenfischen ist die Körperhaltung und Koordination entscheidend. Hat man den Fisch im reissenden Bach erspäht, muss die Fliege genau dort landen, ohne dass der clevere Fisch die tödliche Falle bemerkt. Wirft man zu hastig, klatscht das Vorfach aufs Wasser, und der Fisch haut ab. Wirft man zu zögerlich, zerrt das Wasser sofort an der Schnur und nimmt den Köder mit, sodass der Fisch keine Zeit zum Anbeissen hat. Wirft man falsch, verheddert sich der Angelhaken des kostbaren Fliegenimitats im Gestrüpp, und mühselig probiert man, es an den Dornen vorbei zu retten.

Zur Erprobung unserer neu erworbenen Fähigkeiten fuhren wir im Frühling nach Saint Ursanne an den Doubs. In diesem historischen und hübschen Dörfchen übernachteten wir im Hotel *Les Deux Clefs*. Der Chef Georges schwenkte die gefangenen Forellen in Butter und versuchte, meinen Eltern inklusive David das baufällige Haus zu verkaufen. Ich fand es eine tolle Idee, aber es wurde nichts daraus. In den Feldern, die den Fluss säumten, wateten wir durchs hohe Gras. Zum ersten Mal zeigte sich hier mein Heuschnupfen. Ich hatte Niesattacken. Zehnfach und mehr musste ich hintereinander niesen. Das erschöpfte mich so sehr, dass das Fischen nur eingeschränkt möglich war. Damals kannten wir nur ein Medikament dagegen, welches mich unendlich schläfrig machte.

Neidisch schaute ich René zu, wie er in den hüfthohen Stiefeln im Wasser stand und geduldig und schwungvoll die Rute führte, bis ein fetter Mocken auf die Kunst hereinfiel. Das zappelnde Tier sammelte er mit einem hölzernen Kescher an der Böschung ein. Er tötete es mit dem Totschläger durch einen heftigen Schlag auf den Kopf oder kippte kurzerhand dessen Nacken so weit nach oben, dass das Genick mit einem hörbaren Knacken brach. Er schnitt mit einem Taschenmesser den Bauch auf und entnahm die Innereien, die er ins nächste Gebüsch warf. Er schwenkte den ausgeweideten Körper in der kalten Strömung, bis kein Blut mehr das Wasser rötlich färbte. Er wickelte den Fang in ein Baumwolltuch und steckte das Bündel in den Lederrucksack, der auch die restlichen Werkzeuge trug. Über Georges' Pfanne wanderte der Fisch schliesslich zusammen mit Bratkartoffeln auf den Teller des Fischers. Wenn nur noch die Gräten übrig waren, durfte ich die Backen aus dem Kopf chirurgisch loslösen und das zarte, buttrige Fleisch essen.

Meinen ersten Fisch fing ich, indem ich in meinem medikamentösen Delirium die Leine zu weit warf. Der Vorfachfaden wickelte sich versehentlich um einen von der gegenüberliegenden Böschung hängenden Ast. Von dort tropfte die noch freie Fliege an eine sonst schier unerreichbare Stelle. Vom Wind angehoben, hüpfte der Köder auf der Wasseroberfläche. Plötzlich verschluckte mit einem genüsslichen Schlürfen eine fette Forelle das kleine Ding. Aufgeregt wedelte ich die Rute hin und her. Der Fisch riss gleichzeitig den Faden los. Der Zug zerstückelte den dünnen Ast, von dem die Fliege gebaumelt hatte.

Ich war vom starken Widerstand am anderen Ende überrascht. Der Fisch zerrte und wickelte die surrende Rolle ab, bevor ich begriff, dass ich Gegensteuer geben musste. Man lässt den Fisch kontrolliert schwimmen und holt ihn ein, wenn das Tier durch den Kampf ermattet ist. Ich rief aufgeregt nach René. Er kam mit langen Schritten angehechtet und mahnte mich zur Ruhe. Die Angel beugte sich stark, ich hatte richtig Angst, sie würde brechen. Ich fürchtete, bei diesem wichtigen Ereignis etwas falsch zu machen, und verhedderte meine Hand in der losen Leine. René befreite sie wieder und übernahm die Rute, bis der Fisch sich ergeben hatte. René holte mit dem Kescher die Forelle ans Ufer und entfernte den Angelhaken.

Es war ein ansehnliches Exemplar. »Läck mir!«, rief René aus. »Wunderschön!« Zu junge Fische müssen wieder ausgesetzt werden, aber dieser war ordentlich. Ich nahm den Totschläger mit Holzgriff und Messingknopf und wollte die Sache zu Ende bringen. Der glitschige Fisch entwand sich ein ums andere Mal meinen Kinderhänden, und ich schlug nur halbherzig und ungenau, sodass René erneut eingreifen musste. Trotzdem war ich mächtig stolz. Auf dem Erinnerungsfoto fehlt mir die gesamte vordere Zahnreihe. Die vier oberen Zähne waren kurz nacheinander ausgefallen. Ich strahle bis zu beiden Ohren, zahnlos, und strecke die Daumen nach oben, vor mir im Gras der tote Fisch.

Während Henry, René und ich fischten, wanderte Donatella mit David in den jurassischen Hügeln. Sie suchten und sammelten Pilze. Wurden sie fündig, briet Georges auch diese an und servierte die Pilze mit etwas Petersilie garniert als Vorspeise. Unsere Truppe ass an einem langen Tisch im grossen Saal. Am Tafelende zeigte eine naive Wandmalerei bäuerliche Sonnenhüte in Weizenfeldern. Die Kinder mitgezählt, waren wir etwa zehn bis zwölf Personen, je nachdem, wer gerade dabei war.

Georges hatte eine Tochter, Andréa, die ebenfalls im Gasthaus wohnte. Als unsere Familie bereits mehrere Sommer lang Wochenenden dort verbracht hatten, lag sie einmal im Zimmer meiner Schwestern auf dem Bauch im Bett und spielte mit deren Game Boy. Am selben Abend klopfte ich an Andréas Tür und fand sie nur angelehnt. Sie liess mich eintreten. Meine Zähne waren komplett, einer wieder angeleimt. Wir trugen beide Zahnspangen. Sie löschte das Licht und machte stattdessen eine runde Lampe an, die sich drehte und kleine rote Punkte an die Wand projizierte. Mir schlug das Herz im Hals. Wir legten uns ins Bett. Ich hatte einen dicken Pullover an, aber ich traute mich nicht, ihn auszuziehen. Ich vermutete, unter den Achseln zu stinken. Sie legte sich auf mich drauf. So blieben wir eine Weile. Ich spürte durch den Pullover hindurch ihre Brüste auf meiner. Sie drehte sich und rollte zur Seite. Andréa lud meine Hand auf eine abenteuerliche Reise ein. Ich war jedoch sehr ungeschickt und stolperte über Stock und Stein. Ich wusste nicht recht, was zu tun war. Andréa gebot mir Einhalt. Ihre Hand war kundiger.

Danach lagen wir still. Unter dem Vorwand, die Zeit nachzuschauen, nahm ich ihr Nokia und löschte heimlich und schnell meine Nummer. Erst als ich wieder auf meinem Zimmer war und mein eigenes Mobiltelefon überprüfte, sah ich, dass Andréa mir zuvor eine Nachricht geschrieben hatte: »Je t'aime.« Das bedeutete auch, sie hatte von dieser Nachricht in ihrem Postausgang immer noch meine Nummer. Am nächsten Morgen reisten wir ab. Ich winkte ihr aus dem Auto, sie lächelte und winkte zurück. In Zürich rief Andréa mich an und kicherte mit ihren Freundinnen auf den Anrufbeantworter, ich sei ein Arsch. Das hatte ich verdient. Als wir das nächste Mal nach Saint Ursanne fuhren, war Andréa nicht mehr dort. Ich sah sie nie wieder.

11

Ich lernte, Henry nicht alles zu glauben. Er behauptete gerne, dass er dreissig Jahre lang Schiffsarzt auf der *Titanic* gewesen sei, erzählte die wildesten Geschichten. Wie er im Libanon Kriegsreporter war und die Schüsse in den Strassen hörte. Wie er mit seinem Freund und berühmten Autor Paul auf eine lange Zugreise nach Asien ging, wo er beinahe abgestochen wurde. Stolz zeigte er mir die Narbe auf dem Rücken. Nur der Schulterblattknochen habe verhindert, dass das Messer sein Herz erreichte. Manchmal änderte er die Geschichte. Dann war es sein Zwillingsbruder gewesen, der ihm im Streit das Küchenmesser in den Rücken gerammt hatte.

Der Bruder lebte seit Jahrzehnten in Australien. Benjamin war als Schiffskoch auf diversen Schiffen angeheuert gewesen, hatte als Campkoch die Dschungelforscher im Northern Territory verpflegt, bevor er sich im Outback niederliess und als Küchenchef im Gefängnis von Perth arbeitete. Seine Gesichtszüge waren Henrys ähnlich, aber der Alkohol hatte ihn stärker gezeichnet. Ich habe ihn nur ein einziges Mal gesehen, an der Beerdigung von Henrys Mutter Gertrud. Mit furchigem Charakter sass er nach der Abdankung auf der hölzernen Eckbank der Beiz, als wäre er nie ausgewandert. Bei der Beerdigung lernte ich auch Henrys Schwester Susanne kennen. Susanne war Dekorateurin bei *Grieder* gewesen. Danach arbeitete sie in einer Brockenstube und beim Lokalblatt. Obwohl sie auch im Kanton Zürich wohnte, besuchten Henry und ich sie nur ein einziges Mal.

Meine Grossmutter Trudi hatte als Witwe in Illnau gelebt und ihren Garten gepflegt. Sie war eine stolze Frau gewesen. Sie hatte mich sehr lieb gehabt und mir zu Weihnachten jeweils die grössten Päckchen geschenkt. Zum Beispiel die elektrische Lego-Eisenbahn, um die ich Donatella vergebens angefleht hatte. In glänzend blaues Papier gewickelt, erwarteten mich die Schienen unter dem Weihnachtsbaum an der Jenatschstrasse.

Mit Henry sass ich an Trudis Sterbebett. Ich war damals noch ein kleiner Bub. Ehrfürchtig und irritiert über die Tatsache des menschlichen Todes, betrachtete ich ihre eingefallenen Wangen. Die Augen geschlossen, lag Trudi im Spital. Sie hatte ihr Lieblingsbild, eine Landschaft, ins Zimmer mitgenommen. Wenig später rief Henry während des 19.30-Nachtessens an der Trittligasse an. Donatella überreichte mir den Hörer des kabellosen Festnetztelefons. Aus der Muschel drang Henrys Stimme, die traurig, aber ohne Sentimentalität sagte, dass ich seinerseits nun keine Grosseltern mehr hätte. Er fügte hinzu, dass er nun keine Eltern mehr hätte.

Trudis Ehemann, Henrys Vater Hugo, habe ich gar nicht kennengelernt. Er starb noch vor meiner Geburt. Bis zu seinem frühzeitigen Tod führte er ein mittelständiges Transportunternehmen, das vornehmlich mit Kohle handelte. Selbst geerbt, soll er es in den Ruin gewirtschaftet haben. Ob nicht doch ein Erlös auf einem heimlichen Bankkonto liegt, weiss ich nicht. Hugo besass eine der heiss begehrten Bootsanlegestellen an der Flussmündung beim Zürcher Opernhaus. Henry erzählte, seine Freunde hätten ihn vom Ufer aus verspottet, wenn der Vater ihn mit aufs Boot nahm. Hugo erlag in der Fahrerkabine eines Lastwagens einem Herzinfarkt. Er hatte nur kurz am Strassenrand geparkt und war im Schatten eines Baumes eingeschlafen. Diese Herzschwäche hatte alle Männer der Linie spätestens bis zum fünfzigsten Lebensjahr umgebracht.

Eine weitere Narbe hatte Henry beim Schlüsselbein. Als er Donatellas Nähmaschine reparieren wollte, war diese noch am Strom angeschlossen. Ein Stromschlag riss ihn von den Füssen. Nur Donatellas Geistesgegenwart, die Sicherung zu ziehen, bewahrte ihn vor dem Tod. Er hatte enormes Glück. Der Schlag traf ihn, als sich das Herz gerade an der richtigen Stelle im Rhythmus befand und so unbeschadet blieb. Vielleicht bewahrte dieser Schock sein Herz vor dem frühen Infarkt. Henrys Schulter verbrannte inklusive der Knochen. Er wurde sofort ins Spital gebracht, wo er operiert wurde.

In Henrys Version hatte er sich die Narbe jedoch in der Fremdenlegion zugezogen. Bei Sidi bel Abbès war es zur grossen Entscheidung gekommen. Er gegen Lawrence von Arabien. Es ging unentschieden aus, weil sie sich um ein paar Jahre verpasst hatten. In Carcassonne habe er aber wirklich im selben Hotelzimmer geschlafen, in dem Saint-Exupéry die letzte Nacht vor dem fatalen Flug verbracht hatte.

Wenn ich ihn mit Ungereimtheiten in den Geschichten konfrontierte, erfand Henry schnell einen Ausweg. Zum Beispiel wenn ich sagte, dass die *Titanic* gar nicht dreissig Jahre unterwegs war, sondern auf der ersten Fahrt unterging, lächelte er wissend und sagte: »Zum Glück wechselte ich rechtzeitig auf die *Andrea Doria*.« Dann rief er aus: »Aber sonst ist heute alles klar auf der *Andrea Doria*!« Ohne es nachzuschlagen, konnte ich davon ausgehen, dass die *Andrea Doria* ebenfalls gesunken war. Am liebsten wäre Henry wie der Bruder Beni zur See gefahren. Stattdessen habe er Joseph Conrad gelesen. Sein Lebensmotto sagt Stein in Lord Jim: »Dem Traum folgen und nochmals dem Traum folgen, usque ad finem.«

In einer nochmals anderen Erzählung stammte die Narbe an der Schulter von einem Tigerangriff, den Henry im thailändischen Urwald überlebt habe. Er schlich sich an und wollte das seltene Tier fotografieren. Der Tiger sei im Dickicht verschwunden, um ihn von hinten zu überfallen. Das heroische Ringen mit der Raubkatze habe er nur dank der Hilfe der Einheimischen gewonnen. In einem abgelegenen Dschungeldorf hatte Henry seine erste Frau Nui geheiratet. Die ganze Verwandtschaft feierte drei Tage lang. Ein Wasserbüffel wurde zu diesem Anlass geschlachtet. Henry trank kühles Bier auf der Veranda, das Einzige, das gegen die schwüle Hitze helfe.

Nui war in die Schweiz gekommen, um ihre Hotellerie-Ausbildung abzuschliessen. Hier lernte sie Henry kennen, der ihr bei ihrer geplanten Rückkehr nach Thailand auf dem Rollfeld des Flughafens nachrannte, um den Heiratsantrag zu machen. Donatella sagte von Nui, sie sei die schönste Frau, die sie je gesehen habe. Zunächst arbeitete Nui in einem Kleidergeschäft für gebrauchte Kleidung im Niederdorf. Zwischen den löchrigen Jeans und Jacken sei Donatella beim Anblick Nuis erstarrt.

Nui wollte unbedingt Kinder, aber sie bekam keine. Sie hatte Henry im Verdacht, impotent zu sein. Trotzdem blieben sie zehn Jahre verheiratet. Danach eröffnete Nui einen Imbiss an der Kanonengasse. Wir besuchten sie oft im Ladenlokal, wo sie über Mittag thailändisches Essen verkaufte. Henry hatte beim Ausbau geholfen, Donatella steuerte Himbeer- und Mangomousse bei. Im Schaufenster stand ein weisser Gipselefant, den David für Nui gemacht hatte. Dass der Elefant von David stammte, wusste niemand und durfte niemand wissen. Sonst wäre wahrscheinlich eingebrochen, der Elefant entführt und auf dem internationalen Kunstmarkt verkauft worden.

Nui schöpfte die Gerichte aus einer eleganten Art-déco-Theke mit Messingverstrebungen. Die mit Glasperlen behangene Tür dahinter führte ebenerdig in ihre Wohnung. Dort kochte sie in der kleinsten Einbauküche das beste thailändische Essen. Es war höllisch scharf. Einmal hob ich den Deckel und guckte in einen der Töpfe auf dem Herd, als mir ein ganzer Kalbskopf entgegentauchte. Die Zunge hing schräg aus dem halb geöffneten Mund, die

Augen waren vollkommen bleich. Schnell legte ich den Deckel wieder drauf. Für eine Weile hatte ich keinen Appetit auf Suppen.

War ich mit Henry unterwegs, kamen wir nur langsam voran. Entweder er musste mit jemandem stundenlang etwas besprechen oder eine zufällig gefundene Szene ausgiebig fotografieren. Die Kamera hatte er immer dabei. »Fotografieren ist eine einsame Reise«, sagte er. »Ich möchte nichts Neues fotografieren, lieber möchte ich etwas Neues sehen. Und denk daran: Die Kamera ist eine grosse Lügnerin.« Oft fotografierte er auch mich. Dann musste ich stillhalten und direkt in die Sonne schauen. Das gab einen schönen Glanz in den Augen. Deswegen trage ich heute eine Brille. Ich war sehr schlecht im Stillhalten und Modellstehen. Ich hatte keine Geduld dafür. Henry überzeugte mich ein ums andere Mal, dass es gleich vorbei sein würde.

Wie jedes Scheidungskind hatte ich zwei Dihei, zwischen denen ich pendelte. Eines an der Trittligasse und eines an der Jenatschstrasse. Hatte ich etwas am einen Ort vergessen, musste ich ohne auskommen. Am besten richtete man sich so ein, als wäre man nicht eine, sondern zwei unabhängige Personen mit jeweils unterschiedlichen Vorlieben und Ausstattungen. Zwei verschiedene Bücherstapel, verschiedene Garderoben, verschiedene Spielzeuge. Liess ich jedoch den Game Boy an der Jenatschstrasse liegen, dauerte es zwei Wochen, bevor ich wieder *Super Mario* spielen konnte. Das ärgerte auch Donatella. Heimlich spielte sie die Titel vor mir zu Ende. Ich entdeckte weit fortgeschrittene Speicherstände auf den Kassetten. Sie war sogar schneller als alle meine Klassenkameradinnen und -kameraden.

An der Jenatschstrasse, wo Henry weiterhin wohnte, befand sich die ursprüngliche Version meines Zimmers. Ein grauer Spannteppich versteckte das Holzparkett, welches im Wohnzimmer und im Salon frei lag. Unter einem Hochbett hatte ich mein Büro mit Schreibtisch. An der Wand hing ein Foto von Johanna und mir aus dem Kindergarten. Auf meinem Kopf thronte eine Krone aus Girlanden. Wir hatten an meinem Geburtstag geheiratet. In diesem Zimmer lebte auch mein unsichtbarer Freund, der mir half und mit dem ich redete. Ich erzählte Donatella davon, wenn ich wieder bei ihr war.

Als Daniela mit Vanille schwanger war, stand sie eines Tages in Tränen aufgelöst im Studio. Ich war gerade an Serges Computer und spielte *Sim Tower*. Die schwarzen Pixelmenschen wuselten zwischen Kino und Imbissstand hin und her. Auf dem fünfzigsten Stockwerk war ein Feuer ausgebrochen. Panik. Daniela sagte, dass sie es hier nicht mehr aushielte. Sie wolle umziehen. Henry hatte sich erfolglos darum bemüht, das alte Gebäude unter Denkmalschutz zu stellen. Es wurde an die Rentenanstalt verkauft, und der Abriss war schon so gut wie beschlossen. Henry, Daniela und ich zogen an die Florhofgasse. Serge übernahm unsere ehemalige Wohnung, bevor er nach Los Angeles auswanderte. Henry steckte den Hauptschlüssel einer Gruppe Anarchisten, die das Haus besetzten. Nachdem auch diese vertrieben wurden, stand es leer. Die Rentenanstalt war unterdessen in die Finanzkrise geraten.

Als Jugendlicher brach ich einmal ein und durchwanderte die geisterhaften Räume meiner ersten Lebensjahre. Die Zeit und die Anarchie hatten ihre Spuren hinterlassen. Die Wände waren stellenweise mit bunten Mustern bemalt. Der Verputz und der Lack an den Türen bröckelte ab. Im Bad fehlte der Durchlauferhitzer. Die Fensterläden, die die Arbeiter in meiner Erinnerung weiss gestrichen hatten, waren verschlossen und von Wasser aufgedunsen. Im Salon hatten meine Eltern rauschende Feste gefeiert. Donatella schminkte ihre Lippen feuerrot und rauchte wie ein Kamin. Sie lachte aus vollem Herzen über das ganze Gesicht und mit strahlenden Zähnen. Henry trug stets einen Anzug und massgeschneiderte Hemden. In einem der Einbauschränke fand ich zu meiner Überraschung zwischen die Tablare geklemmt ein Foto von Henrys und Donatellas Hochzeit. Sie sahen sehr glücklich aus.

Im Park der Rentenanstalt vis-à-vis der Jenatschstrasse gab es eine Voliere, die ich manchmal mit Henry oder Donatella besuchte. Es stank fürchterlich nach Vogelkot und nassen Federn. Schräge Vögel in imposanter Farbenpracht tummelten sich in den Käfigen, flogen in die Aussengehege und machten einen schrecklichen Lärm. Ausser ein Tukanweibchen, das in seiner gesonderten Vitrine stumm und erhaben den schweren Schnabel ertrug. Neben dem Ausgang war ein kleiner Schaukasten angebracht. Für fünfzig Rappen spielte ein Drehkasten Musik, und Puppentänzerinnen wirbelten auf einer mechanischen Plattform. Dieses unterhaltsame Gerät interessierte mich beinahe mehr als die Vögel. Wie das

Strassenrauschen, unterbrochen von Donatellas Schulter auf dem Ohr und Sultans Miauen im Garten, war das Zwitschern der Vögel zur Spielorgelmusik aus dem Kasten der Klang meiner Kindheit.

12

Weihnachten feierten wir einmal an der Trittligasse, einmal in Uster bei Nonna Clementine und Nonno Bartolomeo. Donatella hatte zwei Brüder, Valerio und Antonio. Valerio hatte zwei Söhne, meine Cousins Theo und Jonah. Theo war nur um einige Monate jünger als ich und Jonah nur einige Monate älter als Paolo. Für seine Enkelkinder baute Bartolomeo jedes Jahr eine neue Miniaturburg aus Holz mit immer ausgefalleneren Details. Einen Ziehbrunnen in der Mitte des Hofs, der von Hand bedient werden konnte, Ziehbrücken und Fallgitter, die über geheime Mechanismen betätigt werden konnten, und Burgtürme, deren Fassaden abgenommen werden konnten. Die Anlagen waren geräumig, sodass wir mit Spielfiguren darin Szenen nachstellen und spielen konnten. Die Familie versammelte sich um den hohen Tannenbaum, den Nonna zusammen mit den Kindern dekoriert hatte. Wir sangen ein paar Weihnachtslieder wie »Oh du fröhliche«, bis Nonno genug hatte vom heiligen Getue, seine Mundharmonika hervornahm und »Oh mis Härzli Clementine« geigte, dazu fest mit dem Fuss auf den Boden stampfte und zwischendurch aus voller Brust einen erfundenen Text in Mundart grölte.

Im Haus meiner Grosseltern führte ein Wäscheschacht aus dem ersten Stock direkt in die Waschküche im Keller. Der Schacht war sehr steil, beinahe senkrecht. Am unteren Ende lag die dreckige Wäsche. Es war die ältere Generation selbst, die uns auf die Idee brachte, das Ding runterzurutschen. Das Wichtigste war, mit den Händen an den Wänden zu bremsen, aber nicht so stark, dass die Handflächen verbrannten. Zusätzlich musste unten jemand ständig weiche und bauchige Wäsche wie Leintücher nachlegen. Oben steckte jemand den Kopf in den Schacht und erfragte um Starterlaubnis, bis das Okay von unten kam. Es war ein Wunder, dass sich nie jemand ernsthaft verletzte, von den Brandblasen an den Händen abgesehen.

Nonno bastelte Modellflugzeuge und kaufte die neusten ferngesteuerten Modellautos. Wenn er eines vorführte, war meistens nur er an der Bedienung. Die Enkel durften unter seinen strengen Augen kurz einmal links und rechts abbiegen, schon war der Akku leer und musste dreissig Minuten aufgeladen werden. Nonna setzte sich bis ins hohe Alter an den Webstuhl im Gemeindehaus, zwirnte den Flachs zum Faden und webte Küchentücher. Sie sammelte, was über das Jahr entstand, in einem Korb aus Cord, aus dem wir uns bedienen durften. Ich habe meine nie benutzt. Um sie zu schonen und nicht schmutzig zu machen, hüte ich sie bei meinen anderen Schätzen. Ich hatte immer schon eine Tendenz zum Horten. Zum Beispiel sammelte ich Ansteckpins, Telefonkarten mit verschiedenen Motiven, startete den Versuch einer Briefmarkensammlung. Nonna schenkte mir eine abschliessbare hölzerne, mit Messing beschlagene Truhe, in der ich Steine, Kristalle und Münzen aufbewahrte.

Vor der Einführung des einheitlichen Franken wurde in der Schweiz mit zahlreichen Währungen gehandelt. Neben Gulden, Kreuzer, Taler und Louisdor zirkulierte auch der Batzen. René schenkte mir eine Vierzig-Batzen-Münze des Kantons Zürich aus dem Jahr 1813. Oft nahm ich sie aus der Truhe hervor und studierte jede Einzelheit der gepressten Silberlegierung. Diese Veranlagung zum Besitz seltener Sachen führte zu meinem unerwarteten Vermögen, welches mir das brotlose Singen überhaupt erst erlaubt. Heute steigen und fallen die Tagespreise meiner Investitionen.

Nonno hatte eine Menge Geld als leitender Arzt der Radiologie verdient. Daher besassen meine Grosseltern ein Ferienhaus in Verscio, Kanton Tessin. Dort waren wir oft im Winter und verbrachten Silvester mit Bleigiessen. Aus den zufälligen Schnörkeln deuteten wir das Schicksal. Die Jahrtausendwende beobachteten wir im Fernseher. Bilder von torkelnden Moderatoren aus aller Welt. Die Zukunft war hoffnungsvoll, euphorisch blickten wir ins neue Millennium. Ich schaffte es zu dieser besonderen Gelegenheit sogar, bis um Mitternacht wach zu bleiben, um dieses Ereignis nicht zu verschlafen. René nahm mich auf die Schultern, und ich trötete mit einer jener Papptrompeten aus der Tischbombe.

Eigentlich hasste Donatella das Haus in Verscio. Ihr Vater hatte zuvor das tradierte Familienerbe in den Hügeln von Posciavo verkauft, welches Donatella sehr am Herzen gelegen hatte. Es war eine kleine Blockhütte im Wald, wo sie als Kind auf Bäume geklettert war. Einmal ist Donatella mit Paolo und mir hingegangen. Wir spähten durch die milchigen Scheiben in eine einfache Küche. Auf dem Tisch lagen frisch gesammelte Steinpilze. Donatella presste die Lippen zusammen. Auf der Pilz konnte sie mit Konkurrenz schlecht umgehen.

Vom charmelosen Neubau in Verscio behauptete Donatella, Bartolomeo hätte es damals gekauft, um Clementine zu besänftigen, nachdem er sie mit deren Schwester betrogen hatte. René sagte manchmal, im Keller der Familie lägen einige Leichen begraben. Ich ging daher nicht allein hinunter, obwohl allerlei interessantes Zeug herumlag. Zum Beispiel ein Säbel aus den napoleonischen Kriegen, die mein Urgrossvater beim Pflügen plötzlich in der Schar gehabt hatte. Dieser Säbel, anhand der Gravuren vermutlich von einem Eidgenössischen Offizier, ist nun in meinem Besitz. Oder Nonnos Luftgewehre. René bastelte aus Karton und Luftballonen im Keller einen Schiessstand. Wir legten an und feuerten, bis einmal ein Bleigeschoss von der Wand abprallte und mir beinahe das Auge ausgeschlagen hätte.

Donatella verkaufte nach Nonnos Tod das Ferienhaus beim ersten Wasserschaden. Das Dach war mit Asbestziegeln bedeckt, die Sanierung wäre zu teuer gewesen. Vor allem hatte die Alterspflege von Bartolomeo das ganze Vermögen, das er verdient hatte, verschlungen. Nonna brauchte das Geld.

13

Im unaufhaltsamen Sturm der Renovationen des Dörfli hielt sich ein Haus als letzter Stein unbeirrt in der Brandung. Ein Dachziegel stand schräg hervor und drohte jeden Moment jemanden unten zu erschlagen. Von der Trittligasse blickten wir aus unserem Wohnzimmer direkt in jenes auf der anderen Seite der Oberdorfstrasse. Dort wohnte Charlotte mit ihren Eltern Marie und Balz. Inspiriert von einem Kinderbuch, bauten wir eine Seilbahn, die die beiden Häuser verband. Wir schickten kleine Gegenstände hin und her. Bald gingen uns die Ideen aus, was man im Körbchen transportieren konnte. Als ein Unwetter die Bahn ins Tal stürzte, kamen wir nicht zur Rettung. Balz war der einzige wahrhaftige Lebenskünstler, den ich kannte. Wie er zum Haus an der Oberdorfstrasse gekommen war, wusste niemand so richtig.

Balz verkaufte reichen Leuten vom Züriberg zu astronomischen Summen alte Tische, die er aus dem Jura importierte. Bisschen schleifen, ölen und eine gute Geschichte dazu. Dieser Tisch stand in der Wirtschaft *Zur goldenen Sau*, in der Kropotkin seine revolutionären Schriften abfasste, möglicherweise genau auf dieser Platte. Jener Tisch sei von den Thonets höchstpersönlich handgefertigt. Er gab Eichenholz für Eibe aus und umgekehrt. Weil er manchmal jahrelang die bezahlte Ware nicht lieferte, schaltete der *Blick* einen Artikel. Ein Foto zeigte ihn mit schwarzem Balken über den Augen, dazu eine knallige Überschrift: »Gangster-Schreiner betrügt Kundschaft«.

Das tat dem Geschäft keinen Abbruch. Im Gegenteil, Balz wendete die kostenlose Werbung ins Positive und eröffnete eine zweite Filiale an der Marktgasse. Jenes Gebäude war ebenfalls in desolatem Zustand. Es wurde ihm von einer Erbengemeinschaft zur Verfügung gestellt, unter der Bedingung, auf keinen Fall etwas daran zu ändern. Dafür war Balz genau der richtige Mann. Dennoch in Notlage geraten und masslos überschuldet, überschrieb Balz seine Immobilie an die Tochter Charlotte, um es vor den Gläubigern zu retten. Einige Zeit später tauchte ein unehelicher Sohn von Balz auf, den Marie liebevoll aufnahm und der nun ebenfalls im geräumigen, langsam zerfallenden Haus der Schwester lebte.

Wenn wir abends Fernsehen schauten, sahen wir das Treiben in ihrem Esszimmer. Wie Marie und Charlotte aufdeckten, Balz den alten Kachelofen einfeuerte. Jeweils mittwochs bemerkten wir davon nichts, denn die volle Aufmerksamkeit galt dem Bildschirm. Donatella ging einmal die Woche zum Flamenco. Dann hatten wir sturmfrei. Wir assen Pizza und sassen den ganzen Abend vor dem Fernseher. In den Werbepausen, die immer invasiver die Filme unterbrachen, bewertete René die Kampagnen. Sie mussten witzig sein, klug und pointiert. René hasste nichts mehr als ideenlose Werbung. Er trank dazu ein Glas Whiskey, und manchmal döste er vor dem Fernseher ein. Donatella schaute nur am Freitagabend bei einer Schweizer Serie mit, die von einer zufälligen Wohngemeinschaft handelte. Am gemeinsamen Küchentisch fanden die unterschiedlichen Charaktere so nah zueinander, dass sie schon fast eine Familie waren. Paolo und ich sangen während des Einspielers zur Titelmelodie die Namen der Schauspielerinnen und Schauspieler.

Gegenüber der Wohnung an der Florhofgasse befanden sich einerseits das Hotel *Florhof*, in dessen Garten es tatsächlich wunderbar blühte, und anderseits die Büros der kantonalen Staatsanwaltschaft. Nach dem Umzug richtete ich mich neu ein. Vom Hochbett war nur der obere Teil übrig geblieben. Ein wackliges Holzgestell beherbergte meinen bescheidenen Besitz. In der Ecke stand ein schmaler Schreibtisch. Da ich viel weniger Zeit bei Henry verbrachte, glich mein Zimmer bis zuletzt einem Provisorium. Manche Menschen behalten ihre Kinderzimmer bis ins fortgeschrittene Erwachsenenalter, Scheidungskinder sogar deren zwei. Ich hatte bald schon keines mehr.

Um die Wochenenden bei ihm zu versüssen, kaufte Henry eine Videospielkonsole. Donatella hatte sie mir verboten, vielleicht auch, um sich selbst zu schützen. Das rechteckige und klobige Gerät wurde an den Fernseher angeschlossen, und ich konnte nun in drei Dimensionen herumhüpfen. Zunächst als italienischer Klempner Mario, der eine Prinzessin aus den Fängen einer Dinokröte retten musste. Auf dem Startbildschirm war mit einem weissen Handschuh Marios knolliger Zinken greif- und kneifbar. Bald war ich auch ein Elf mit spitzen Ohren im grünen Gewand, der dank einer antiken Okarina über die Zeit verfügte. Mal war der Elf als junger Mann, dann wieder als Knabe in der Geschichte unterwegs. Knifflige

Rätsel bereiteten mir schlaflose Nächte. Vielleicht, wenn ich als Kind einen Samen pflanzte, wird ein Baum gewachsen sein, an dem ich hochklettern und die Schatztruhe erreichen könnte. Darin der an anderer Stelle benötigte Schlüssel.

Hatte ich eine Lösungsidee, schlich ich mich, wenn alle schon eingeschlafen waren, in die Stube, öffnete die Luke im Treppenregal und schaltete den Fernseher ein. Meist schaute ich zuerst beim Sportkanal vorbei. Nach Mitternacht lief dort nicht mehr jugendfreies Programm. Ich musste die Lautstärke bis auf den letzten Balken stellen, weil die nackten Frauen stöhnten und ständig Telefonnummern zum Anrufen aufsagten. Aber so recht wusste ich nicht, was damit anfangen. Ich steckte die Konsole ein und kämpfte mich durch düstere Labyrinthe. Wenn ich endlich genug hatte und zurück ins Bett ging, träumte ich davon, in unzähligen Varianten.

Nach der Jahrtausendwende brachte René für alle an der Trittligasse einen Rechner aus dem Geschäft mit. Davor hatten wir uns einen einzigen geteilt, an dem vornehmlich René arbeitete und Donatella *Solitaire* legte. Auf meiner Maschine installierte ich den *MSN Messenger* und die nötige Ausrüstung für einen Netzpiraten. Bald schon saugte ich halb legal fragwürdige Musikdateien, Spiele und Filme. Als Pilot flog ich waghalsige Manöver oder steuerte geduldig auf den polygonalen Horizont zu. Ich richtete als Statthalter Caesars Feste für Artemis aus, bestimmte die Steuerpolitik und führte Siedlungen aus der Steinzeit zu florierenden Städten im Mittelalter. Ich hatte auch eine Fischereisimulation am Laufen, in der man mit einem Boot auf grau-grünlichen Tümpeln herumfuhr und gigantische Karpfen fing. Das war allerdings nicht so aufregend wie im echten Leben.

Für den *MSN Messenger* sammelte ich massenhaft animierte Buchstaben, die statt den langweiligen und lesbaren lateinischen verwendet werden konnten. Wenn ich mit jemandem Nachrichten austauschte, dann glich meine Seite des Protokolls einem kindischen Erpresserbrief, zusammengeschnitten aus farbigen Magazinen und Zeitschriften, bei dem jeder Buchstabe anders aussieht. Ich chattete bis spät in die Nacht mit der Klassenkameradin Aida. Ihr Nachname glich Robert Walsers *Jakob von Gunten*, weswegen ich schon in der ersten Chemiestunde auf ihre begehrenswerte Nase aufmerksam wurde.

Robert Walser war Henrys Lieblingsautor. Schon früh gab er mir das schmale Bändchen *Fritz Kochers Aufsätze* und hiess mich, ihm daraus vorzulesen. Nach einer Weile wurde ich übermütig und dachte, ich hätte den Stil erlickt. Ich begann zu improvisieren. Den Blick auf die Seite geheftet, trug ich vor, was mir spontan in den Sinn kam. Henry bemerkte es schnell und hob die Augenbraue. »Steht das wirklich da?«, fragte er skeptisch. Ich errötete. »Ja«, behauptete ich und klappte das Buch zu.

Gold der untergehenden Sonne

I

Die Aufnahmeprüfung ins Gymnasium bestand ich nicht auf Anhieb. Von Dreisatz, Bruchrechnen und sich kreuzenden Flugzeugen mit unterschiedlichen Geschwindigkeiten wusste ich nichts. Donatella wollte damit aber nicht leben. »Du bist zu intelligent für die Sek. Dir fehlt der Stoff wegen dieser grässlichen Schule«, sagte sie. Für Henry hingegen war die Vorstellung eines bildungsbürgerlichen Sohns mit akademischer Laufbahn, dem zusätzlich nachgeholfen werden musste, schrecklich. René bezahlte allein ein Jahr an der Privatschule, wo ich für die Aufnahmeprüfung getrimmt wurde. Hier fiel mir das Lernen leichter. Beim zweiten Anlauf bestand ich die Prüfung. Die Strategien, die ich an der Privatschule gelernt hatte, halfen mir auch am Gymnasium Rämibühl. Zum Beispiel, dass die Lehrpersonen es liebten, wenn man nicht enge, geduckte Zeilen schrieb, sondern grosszügig Abstand liess.

Im Rämi wurden die vornehmen Kinder eingeschult. Sie stammten vom Zürichberg und der Seeküste. Das rechte Ufer wird auch Goldküste genannt, wegen der späten Abendsonne auf den goldenen Bilderrahmen. Ich befand mich in der guten Gesellschaft wohlstandsverwahrloster Kinder reicher Eltern. Neben mir gab es nur ein paar andere, die ebenfalls im Mittelstand aufgewachsen waren. Die wenigen Kinder aus der Unterschicht glichen sich so gut an, dass sie nicht mehr zu unterscheiden waren von den reichen. Wobei sich die reichsten wiederum die Unterschicht aneigneten und die Kleider im Brockenhaus kauften. Sie hatten trotzdem jeden Tag etwas anderes an.

In der Eliteschule, die auch René besucht hatte, wurden wir auf Leistung gedrillt. Das Realgymnasium Rämibühl war ein strenges Regime mit zwei bis vier Prüfungen wöchentlich. Besonders in den ersten Jahren wurde ausgesiebt. Abgefragt und promotionsrelevant waren alle Fächer von Französisch bis Physik. Für mich, der bisher nie ernsthaft Hausaufgaben gemacht hatte, war es eine Umstellung. Ich musste lateinische Verse übersetzen, Catull, Ovid, Horaz. Um überhaupt mithalten zu können, büffelte ich Vokabeln. Der Lateinlehrer Herr Wichtermann erzählte uns von den politischen Sitzungen, die in Rom auf den öffentlichen Toiletten stattfanden. Ich war ein durchschnittlicher Schüler, brav und strebsam. Nur Aufsätze schrieb ich über dem Niveau. Auch René lobte meine mythologische Genealogie von Goldadern, die ich auf den verblutenden Midas zurückführte.

Beim Eingang zur hauseigenen Mediathek auf dem zweiten Stock hing eine grosse Tafel mit den Stundenplänen sämtlicher Jahrgänge und Klassen. Dort konnte man dem Gschmusi nachstellen oder sich in Erinnerung rufen, welches Fach als Nächstes in welchem Zimmer stattfand. Auch Ausfälle wurden von Hand durch die Sekretärinnen eingetragen. Oft stand ich vor der Tafel und besann mich Henrys Nachtgebete. Ich probierte es mit weisser Magie, faltete die Hände und betete: »Gott, wenn es dich wirklich gibt, lass die nächsten zwei Stunden Chemie ausfallen.« Und so geschah es.

Bat ich einmal nicht darum, und der Chemieunterricht fand statt, unterhielten wir uns in chemischen Symbolen. Wir steckten uns Zettel zu, auf denen nur Zahlen standen. Das waren die Ordnungszahlen der Elemente im Periodensystem, welches gut sichtbar an der Wand aufgehängt war. Zum Beispiel »53 6 1 – 3 4 – 22 6 1« heisst »I C H – Li Be – Ti C H«, »42 16 16 – 27 30« heisst »Mo S S – Co Zn«. Oder der Klassiker schlechthin, »34 54«. Je nachdem, wie wir uns gerade fühlten.

Abends trafen wir uns an der Seepromenade. Beim Eindunkeln sassen wir im Rasen beim bunten Kiosk. So nannten wir das Gebäude, wegen der beleuchteten farbigen Plexiglasscheiben. Wir waren begierig nach Erlebnissen. Die Hände in die feuchte Erde gedrückt, verloren wir uns in den milchigen Sternen. Wir rauchten Wasserpfeife, dann Zigaretten. Nach und nach mischten wir stärkeren Tobak unter. An handliche Boxen schlossen wir MP3-Player der ersten Generation an. Wir sangen lauthals und mit überschlagenden Stimmen die immer gleichen Titel und Wiedergabelisten. Wir trugen einen Weltschmerz mit uns herum, den wir in diesen ausgedehnten Abendstunden am See zu ertränken suchten.

Unsere Gruppe fluktuierte, traf mit weiteren Jugendlichen zusammen, vermengte sich und zerstreute sich wieder. Manche waren jedes Mal dabei, zum Beispiel Noah. Er hatte schwarze lockige Haare, eine hagere Statur und war entschlossen und furchtlos. Ich mochte ihn sehr und war um seine Anerkennung bemüht. Noah spielte seit seiner frühsten Kindheit Schlagzeug, und er war verdammt gut darin. Neben dem Zocken waren Rhythmen sein grösstes Interesse. Manchmal erzählte er mir von Praktiken aus aller Welt, wie zum Beispiel von einer Gruppe in Indien, die den Takt mit den Fingern zählte. Die Fingerspitzen des Daumens wanderten dabei die Fingerspitzen der anderen Finger entlang. Wir sassen im Garten des Hauses, in dem er mit seinen Eltern und seinem Bruder lebte. Es gehörte als Genossenschaft jenen, die dort wohnten. Noah nahm einen Zug vom Haschischjoint, schaute mich mit seinen fast vollständig schwarzen Augen an und zeigte es vor: »So«, sagte er mit der unterdrückten Stimme, die den Rauch in der Lunge zu behalten versuchte. Er tippte mit dem Daumen die Fingerspitzen der andern vier Finger ab und blies den Rauch aus.

In Noahs Zimmer stand der grösste Tisch, den ich je gesehen habe. Das Zimmer war praktisch vollständig mit diesem Tisch ausgefüllt. Noah sass am Kopfende, hinter ihm das Fenster zum Garten. Dort stand sein Rechner, und er spielte jede freie Minute Videospiele. Der Rest des Tisches war komplett zugemüllt, mit Unterlagen, Schreibsachen, verschiedenen Dokumenten und halb in Ordnern abgelegtem Schulmaterial. Dazwischen standen Essensreste, die langsam vor sich hin gammelten. Noah machte daraus Experimente: »Wie lange dauert es wohl, bis dieses Joghurt zu schimmeln beginnt?«, sagte er, als ich ihn nach der Schule einmal besuchte. In der Luft lag dieser eigentümliche Geruch eines pubertierenden Jungen, durchgetragene Unterhosen und abgestandenes Essen.

Am See spielten wir zur Musik aus der Musikbox Luftgitarre und hämmerten wie am Schlagzeug. Von unserem Gehampel angezogen, stiess einmal eine junge Frau zu uns. Nadja mochte dieselbe Musik, und wir zeigten ihr unser ansehnliches Repertoire. Am Schluss spielten wir eine Ballade. Zu dritt legten wir uns hin, ins Gras. Ich schob sanft meinen Kopf auf Nadjas weiche Brust und Noah den seinen auf ihren Bauch. So schauten wir in den Himmel. Wir redeten über unsere intimsten Empfindungen, teilten unsere Ängste und Erwartungen. Ich rollte scheu meinen Kopf hin und her, um Nadjas Brüste zu spüren. Sie lachte hell.

2

Noah und ich waren in derselben Klasse und hatten Latein als Schwerpunktfach. In meinem Fall war diese Wahl nicht völlig freiwillig geschehen. Vorangegangen war eine schelmische Räubergeschichte. Gegen Ende des zweiten Jahres war mir langweilig geworden. Die Probezeit war bestanden, die ständigen Prüfungen waren zur Gewohnheit geworden. Mit meinem Klassenkameraden Gabriel entdeckte ich, dass manche der reichen Zöglinge ihre Brieftaschen und teuren Accessoires unter den Pulten liegen hatten.

Gabriel stammte zwar von der Goldküste, aber ebenfalls aus nicht ganz klassischen Familienverhältnissen. Sein Vater lebte in Mexiko. Erst zögerlich, dann immer unverblümter kapitalisierten wir die Gutgläubigkeit heiler Elternhäuser. Wie naiv sie sich behütet wähnten, provozierte uns. Kein schlechter Gedanke, keine Sorgen trübten ihre heiteren Aussichten auf ein gesichertes Leben. Ich legte Unsichtbarkeit um Gabriel und mich, und wir schlichen durch die Gänge auf der Suche nach einfacher Beute. Wir wurden jedes Mal fündig.

Gabriel hatte eine Freundin, Anja. Ihre Zwillingsschwester hiess Ajana. Beide hatten ein Muttermal oberhalb der Lippe. Einmal verbrachten wir einen Filmabend bei ihnen in der Wohnung im Zürcher Seefeld. Die Eltern waren nicht zu Hause. Als wir an der Kücheninsel der offenen Küchenlandschaft standen und Chips assen, fielen mir die kleinen Unterschiede in den Gesichtern von Anja und Ajana auf. Das Licht der kleinen LED-Lampen erhellte ihre Köpfe von oben. Die Schwestern waren nicht komplett ununterscheidbar, sondern beim näheren Hinsehen deutlich verschieden. Ich bemerkte, wie schön ich beide fand. Wir wechselten in Anjas Zimmer, wo sie einen eigenen Fernseher hatte. Wir lagen zu viert im Bett und schauten einen Film, an den ich mich nicht mehr erinnern kann. Auf einmal bemerke ich, dass Gabriel an Anja rumfummelte und sie zu stöhnen begann. Das war mir unendlich unangenehm. Noch unangenehmer war mir aber, dass ich dachte, ich müsse nun auch an Ajana rumfummeln, ja dass sie das geradezu erwarte und enttäuscht wäre, täte ich es nicht. So lag ich eine Weile da und probierte krampfhaft, mich auf den Film zu konzentrieren und die absurde Situation, in der ich mich befand, zu leugnen und zu ignorieren. Ajana schaute ebenfalls den Film und liess sich nichts anmerken. Das schien meiner Einschätzung, dass sie meine Initiative abwarte, entgegenzulaufen. Ich wusste nicht, was tun, während sich die Decke neben uns sichtbar hob und senkte. Überfordert stand ich abrupt auf, entschuldigte und verabschiedete mich. Verwirrt stiefelte ich am See entlang nach Hause.

Gabriel begann es jedoch zu übertreiben. Er langte in der näheren Bekanntschaft zu und bestahl eine seiner Kolleginnen von der Goldküste. Ich warnte ihn eindringlich. Er lachte hämisch und leerte auf der Toilette das Geld in die eigene Tasche. Den restlichen Inhalt des Portemonnaies, Karten, Fotos und Krimskrams, verstreute er rund um die Kloschüssel. Mir wurde schlecht. So blieb unser kriminelles Treiben nicht lange unbemerkt. Ich wurde ins Büro des Herrn Prorektors Winter gerufen. Er konfrontierte mich mit den Tatsachen. Gabriel hatte bereits gestanden und mich verpfiffen. »In Ordnung«, dachte ich und setzte zu meiner Verteidigungsrede an. Ich gab an, nur mitgemacht und nicht selbst auf die Idee gekommen zu sein. Dass Gabriel mich dazu angestiftet hatte. »Hast du etwas vom Diebesgut für dich behalten?«, fragte mich Herr Winter. Ich überlegte kurz und sagte: »Ja, ein Zirkeletui.« Er antwortete: »Gut, dann schauen wir mal in deinem Spind nach.« Ich zuckte zusammen. Hatte ich dort noch mehr gehortet? Ich wusste es nicht. Der Weg zu meinem Spind zog sich unendlich in die Länge. Wie in Zeitlupe bewegten wir uns durch die grauen Gänge. In Gedanken ging ich meine Beute durch. Herr Winter bat mich, ihm das Etui auszuhändigen. Ich suchte kurz, öffnete es und präsentierte ihm das vollständige und wunderschöne Set mit einem Zirkel aus Stahl und Utensilien, die in roten Samt gebettet waren. Der Prorektor trat an meinen Spind und hob die Hefte, die Jacke, den Thek. Wegen der Unordentlichkeit und womöglich auch wegen des Geruchs meiner dort verstauten Sportkleider gab er bald auf, ohne weiters Beweismaterial gefunden zu haben. Den Taschenrechner gab ich als meinen eigenen aus. Schlussendlich drehte ich den Spiess um und lieferte Gabriel ans Messer. Er wurde von der Schule suspendiert. Ich durfte bleiben.

Über meine schlimmen Verfehlungen wurde getuschelt, das Raunen machte die Runde in den kühlen Betonfluren. Das schlechte Gewissen über meine Schandtaten, nicht meinen Verrat, plagte mich.

Um zu entkommen und die Schuld zu sühnen, wechselte ich das Gymnasium. Biologie hatte mir als Fach zugesagt, und einer meiner frühesten Berufswünsche war Meeresbiologe gewesen. Daher entschloss ich mich, es bei den harten, unverrückbaren Tatsachen zu probieren. Das Mathematisch-Naturwissenschaftliche Gymnasium war jedoch viel strenger, als was mir gewohnt war. Mein Notenschnitt sackte um einen vollen Punkt. Auf Biologie wurde zu meiner Enttäuschung zunächst kein grosser Wert gelegt, dafür umso mehr auf Mathematik. Aus unerfindlichen Gründen war ein so nebensächliches Fach wie Geografie das umfangreichste und schwierigste. Wir hatten eine Menge auswendig zu lernen. Dr. Hartmeier war alter Schule und setzte Faktenwissen mit Verstehen gleich. Von ihm erfuhr ich, dass ich nicht so intelligent war, wie ich geglaubt hatte. Im Deutschunterricht wurde ich erstmals mit meiner fehlerhaften und verschweizten Grammatik konfrontiert. Als wäre der sonstige trockene Unterricht nicht genug gewesen, ging es auch im Fach Deutsch nicht um Literatur, sondern um die quantifizierbaren Aspekte der Sprache. Wir schrieben keine Aufsätze und Essays, sondern lieferten linguistische Analysen ab.

Nach nur sechs Monaten machte ich einen Rückzieher. Ich bat um einen Termin und um Vergebung. Erneut im Zimmer des Prorektors Winter schwärmte ich von den Vorteilen des Universalgelehrten, von weichen Fakten, toten Sprachen und holistischer Bildung. Er hatte Erbarmen, aber warnte mich vor: Es gäbe nur noch einen Platz bei den Lateinern. Meine Seele atmete auf. Wie schön die schönen Geister waren! Mit Rom war ich vertraut. Caesar hatte ich ja am Rechner schon gespielt. Ich nahm das Angebot dankend an. Für mich blieb es bei dem einen kurzen und beängstigenden Abstecher in die Klauen der Systematik, die ich fortan verachtete.

Jetzt war ich wieder bei Catulls Spatzen und Psyches zitternden, flatternden Gewändern. Das goldene Zeitalter erblühte ohne Gesetz und Richter, Seneca debattierte den freien Willen. Pinien stiegen von Bergen nieder, um Kriegsschiffe zu werden. An den Rändern des Skripts fertigte ich metrische Übertragungen an. Einmal präsentierte Herr Wichtermann der Klasse einige dieser Zeilen sogar als mustergültig. Zerstreuten sich meine Gedanken, zeichnete ich mit Tinte kleine Bildgeschichten und seltsame Tiere. Noah und ich konkurrierten um die ausgefallensten Kreationen fantastischer Wesen. Bei den Prüfungen hatte ich meistens eine vorgefertigte Übersetzung griffbereit, von der ich abschreiben konnte. Auch in anderen Fächern perfektionierte ich die Kunst des Spickzettels. Wie ich am Mathematisch-Naturwissenschaftlichen Gymnasium gelernt hatte, war ich nicht aussergewöhnlich klug, und die allermeisten anderen Abkömmlinge und Anwärter der Elite waren es auch nicht. Daher interpretierte ich Sinn und Zweck der Ausbildung nicht als Auswendiglernen. Im Schummeln hatte ich Bestnoten.

Keinen Monat nach meiner Heimkehr aus dem selbst gewählten Exil verwickelte ich mich in eine Rangelei. Jemand warf mir en passant zu: »Wir dachten schon, wir seien dich endlich losgeworden.« Ich forderte das arrogante Arschloch heraus. Um uns bildete sich in Sekundenschnelle ein Ring aus Schaulustigen, die ebenso neugierig auf meinen Rang in der Hierarchie waren. Mein Gegner war aufgeschossen und dürr, ich war klein und flink. Mit wenigen Schritten suchte ich die Lücke, ging in die Knie. Schon hatte ich seine Beine umschlungen. Ich hob ihn hoch und legte ihn zu Boden, noch bevor er überhaupt begriff, was abging. Er und ich, wir beide hatten grosses Glück, dass sein Schädel nicht zu hart aufschlug. Doch alle waren Zeugen, wie ich ihn beinahe schmerzlos niederstreckte. Wir standen auf und schüttelten uns die Hände.

3

Ein noch nie dagewesenes Spielerlebnis machte die Runde. Sofort ging ich in den Buchladen, der inzwischen auch Videospiele verkaufte, und löste mein Eintrittsbillet in die neue Welt. Durch ein monumentales Tor trat meine Spielfigur mit dem sorgfältig ausgesuchten Namen in eine andere Dimension. Millionen Spielerinnen und Spieler weltweit jagten gleichzeitig Wildschweine, töteten Zombies, erkundeten dampfende Wälder. René fragte: »Bist du dieser hässliche Kerl?« Mein Charakter war ein kräftiger, zwielichtiger Zwerg, stets ein bisschen angespannt geduckt. Die muskelbepackten Arme waren so dick, dass er sie nicht flach an den Torso legen konnte. Meist rannte ich in der Gegend herum und brachte einen Gegenstand von einem Punkt in der virtuellen Karte an einen anderen. Um die nicht besonders fantasievollen Aufgaben zu erledigen, musste man oftmals etwas finden oder sammeln. Raptorenfilets, Totems, magische Edelsteine, den Kopf einer Diebes- oder Piratenbande. Starb der Charakter, was anfangs häufig passierte, musste man ewig lange als durchsichtiger Geist von einem Friedhof zurück zur Leiche laufen, wo sich der Spiritus wieder mit dem Körper vereinigte und so auferstand. Es gab jedoch auch ausgebildete Priester, die einen mit einem speziellen Gebet sofort aus dem Jenseits zurückrufen konnten.

Aufgeregt eilte ich von der Schule nach Hause, um vor dem realen Nachtessen noch ein paar Bären zu töten und Rezepte für in Biersauce eingelegte Würste zu ergattern. Statt Donatella beim Kochen zu helfen, lernte meine Spielfigur, langzahnige Matschschnapper zuzubereiten oder Drachenfleisch zu braten. Der Charakter mit dem sorgfältig ausgesuchten Namen war ausserdem in der Alchemie bewandert. Ich konnte Bronze in Gold verwandeln und mächtige Zaubertränke brauen. Die Zutaten dafür sammelte ich in den Wäldern und Steppen dieser fremdartigen Welt. Noah hatte eine Gilde gegründet, was so viel bedeutet wie ein Zusammenschluss mehrerer Spielender. Zunächst wollte ich nicht beitreten, sondern auf eigene Faust losziehen. Es nervte mich, dass Noah der Chef der Gilde war. Als ich allein aber nicht weit kam, gab ich auf und wurde Mitglied beim Verein mit dem unendlich sorgfältig ausgesuchten Namen *Joghurt ohne Knochen*.

Wenn ich mit den Gedanken ans Spiel heimkam, sprang mich Sultan aus der Garderobe an. Hörte sie die Schritte im Treppenhaus, versteckte sich die Katze zwischen den gehäuften Jacken und Schuhen. Beim Eintreten des Opfers sauste sie wie ein schwarzer Pfeil aus dem Dickicht, hüpfte wie ein Gummiball auf und ab und rannte mit ungeheurem Tempo durchs Katzentörchen nach draussen in den Garten. Diesem Begrüssungsritual konnte man nicht ausweichen. Öffnete ich die Türe auch noch so leise, langsam und umsichtig, kaum hatte ich den ersten Schritt getan, wuselte ein schwarzer Fellbollen durch die Luft. René erschrak jedes Mal, wenn er abends von der Arbeit kam und plötzlich Sultan auf Augenhöhe hatte.

Lag ich lesend auf dem roten Teppich in der Stube, gesellte sich Sultan zu mir. Sie schnurrte zufrieden. Das kleine scheue Kätzchen, das wir gefunden und aufgenommen hatten, war ausgewachsen. Wenn sie mit uns beim Nachtessen am Tisch sass, kratzte sie am Holz. Wir schnitten Stücke vom Fleisch oder Fisch ab und legten es ihr hin. Sultan beobachtete die Gabe kurz mit schrägem Kopf, wischte sie schnell auf den Boden, wo sie sich hinkauerte und eilig frass. Dann hüpfte sie zurück an ihren Platz und verlangte mit scharrenden Pfoten nach mehr. Die Esstischplatte zeigte an Sultans Platz Spuren ihrer Krallen.

Nach dem Essen nahm ich eine der Jacken vom Garderobenhaufen und ging an den See. Das sah Donatella nicht immer gerne. Sie wollte, dass ich mich besser auf die Schule konzentriere, während ich für Henry viel zu brav und angepasst war. Er vermisste eine Unruhe, eine Rebellion. Ich schrieb melancholische Gedichte über mein gespaltenes Seelenleben. Eine Geschichte handelte von Freunden, die in der Sommerhitze auseinanderdriften. Eine andere handelte von einem Liebespaar, das sich zufällig am See kennenlernt. Die Kussszene nahm viel Platz ein. Ich wünschte mir sehnlichst eine Freundin, mit der ich Unsicherheiten gegenseitig verstauen und sexuelle Erfahrungen machen würde. Ich dachte an Andréa, deren Nummer ich gelöscht hatte nach ihrer Nachricht auf dem Anrufbeantworter.

4

Ich war verliebt in meine Klassenkameradin Aida mit dem Walserischen Nachnamen. Ausserdem hegte ich insgeheim Gefühle für Noëmie aus der Parallelklasse, Sophie aus einer oberen Stufe, Carina und einige andere mehr. Mit Aida tauschte ich jede Nacht Textnachrichten aus. Wir führten lange Unterhaltungen, aber tagsüber in der Schule getraute ich mich nicht, sie anzusprechen. Eine eiskalte Lähmung überkam mich, nahm ich es mir auch noch so stark vor. Mein Herz machte einen Freudensprung, wenn ich Aida zufällig auf der Treppe kreuzte, aber mehr als ein scheues Lächeln und einen Schweissausbruch brachte ich nicht zustande. Meine Zunge versagte den Dienst und bildete im entscheidenden Augenblick einen unentwirrbaren Knoten im Mund. Auch mit vierzehn Jahren sah ich aus wie ein Sechsjähriger. Ich redete mir ein, dass keine Frau mich ernst nehmen könne.

In den Zehnuhrpausen verzog ich mich in die Bibliothek, wo ich im hintersten Winkel Comics las. Ich holte dort *Lucky Luke* nach, weil das zum Kanon gehörte, aber es gefiel mir nicht so sehr wie die *Donjon*-Reihe. Leider ging die strenge Bibliothekarin kaum auf meine Anschaffungswünsche nach anspruchsvolleren Bildnovellen ein. Zeichnungen mit Text waren ihrer Ansicht nach nicht ernst zu nehmen, weshalb die Bände lieblos in Plastikkisten auf einer architektonischen Blinddarmtreppe standen, die nirgendwo hinführte und abrupt endete.

Wegen meiner Sehschwäche brauchte ich eine Brille. Henry sagte, das hätte ich von Donatella und wegen des Lesens bei schlechtem Licht, er selber habe gestochen scharfe Adleraugen. Donatella sagte, es käme daher, dass ich zu oft in die Sonne schaute, wenn Henry mich porträtierte. Es war nicht Eitelkeit, die mich plagte. Ich verlegte die Brille ständig oder verbog das Gestell, weil ich mich aus Versehen draufsetzte. Daher trug ich sie oftmals ausserhalb der Lektionen nicht. Gesichter konnte ich meist schlecht erkennen. Ich lebte in meiner eigenen, impressionistischen Welt, von den anderen durch deren Unschärfe getrennt. Ich war dermassen unbeholfen und abgekapselt, dass ich Kontaktaufnahmen von aussen, die ich mir insgeheim so sehr wünschte, reflexartig abwehrte.

Das Schulgebäude verstärkte diese schleichende Entfremdung. Es war ein kolossaler brutalistischer Betonbau aus den Sechzigern. Modernistische Terrazzotreppen führten durch die mit grauem Spannteppich ausgelegten Stockwerke. Zwischendurch liessen Fensterfronten aus milchigen Glasbausteinen selektiv fahles Licht herein. Dort fristeten schläfrige Topfpflanzen ihr Schattendasein. MDF-Tische luden zur Leistung in der Gruppenarbeit ein. Hier lümmelten wir in den langen Mittagspausen auf den unbequemen Stühlen und Holzbänken. Carina, das hübscheste und begehrteste Mädchen des Jahrgangs, kam zu mir und sagte geradeheraus: »Ich stehe auf dich.« Ich antwortete gelassen: »Ich weiss.« Ich hatte es nicht gewusst, verzog aber keine Miene. Ich glaubte ihr auch nicht.

Carina war seit jeher mit Yves in einer wechselhaften Beziehung. Yves und mich verband eine unausgesprochene Freundschaft. Sein leiblicher Vater war in seinem Leben wenig präsent gewesen. Das machte uns auf unterschwellige Weise zu Komplizen inmitten der Kernfamilien der anderen. Einen Geburtstag Yves' feierten wir bei ihm am Pfäffikersee. Das war ein kleiner See in der Nähe von Zürich, der im Sommer einem trüben Tümpel glich. Welcher See, war egal. Wie gewohnt sassen wir im blanken Gras und tranken Alkohol, hörten blecherne Musik aus billigen Boxen und philosophierten. Die Mücken schwirrten um unsere Köpfe, während es dunkelte. Als es Nacht geworden war, nahm Carina mich an der Hand und führte mich abseits in ein Wäldchen. Sie küsste mich. Ich war überwältigt. Ich konnte gar nicht küssen. Mein Mund war vom Bier bereits betäubt und unbeweglich. Aus einer Verzweiflung, die ich nicht artikulieren konnte, ging ich zurück und betrank mich besinnungslos. Bei einem Zigarettenautomaten kippte ich beinahe um. Ich bückte mich, um die Schachtel aus der Ausgabe zu fischen. Die Knie sackten ein, und ich wäre fast vornübergefallen, hielt mich aber taumelnd am beleuchteten Kasten. Carina war mit mir zu den Toiletten in die nah gelegene Beiz gekommen und beobachtete das schockiert. Ich wollte wieder ihre Hand nehmen, aber sie fühlte sich jetzt kalt und distanziert an. Ich wusste nicht, wie ich damit umgehen sollte. Indem ich mir eine Loyalität Yves gegenüber einbildete, ging ich dem Problem aus dem Weg. Ich loggte mich in die virtuelle Welt ein, schlich mich von hinten an Feinde heran und stach sie mit vergifteten Dolchen nieder.

5

Meine aufkommenden, unkontrollierten Alkoholexzesse führten einige Male dazu, dass ich erbrechen musste. Einmal kam ich so besoffen nach Hause, dass ich nicht schlafen konnte. Mir war schwindlig. Das Schwarz meiner geschlossenen Augen drehte sich weiter und weiter. Ich lag im Bett, den einen Fuss auf den Boden, um das Gleichgewicht nicht zu verlieren. Ich übergab mich in den Sessel nebendran. Der alte Lederstuhl hatte meinem Urgrossvater gehört. Die Armlehnen waren geschwungen und das Kissen gut gepolstert. Ich nutzte ihn als bequemen Bürostuhl. Er stand bei meinem Schreibtisch. Stücke von Donatellas Kochkunst sickerten zwischen den Ritzen tief ins Innere. Auf der Sitzfläche lag, nach der Tageslektüre hinterlassen, *Ideen. Das Buch Le Grand* von Heinrich Heine als gelbe Reclam-Ausgabe, das vom ersten Schwall auch etwas abbekam. Da das Elternzimmer gleich nebenan war, kotzte ich ganz leise. Am nächsten Morgen stand ich früh auf, um mit sturmem Kopf die Schande der Nacht wegzuputzen. Es gelang mir erstaunlich gut. Niemand bemerkte etwas. Nach einigen Wochen roch der Sessel nicht mehr unangenehm nach Magensäure.

Einmal war ich auf dem Heimweg, als mir vier Drachen erschienen, die mich und meine Person und meine Zukunft debattierten. Die Drachen hatten unterschiedliche Farben. Feuerrot, Hellblau, Grün und Silberweiss. Ich konnte sie als Manifestationen von René, Donatella,

Henry und mir selbst identifizieren. Ihr Gelaber hörte deswegen nicht auf. Eifrig besprachen sie meine zahlreichen Fehltritte und Mängel. Sie waren sich einig, dass aus mir nichts werden konnte. Zuvor waren wir bei Tami, einer Kollegin aus dem Jugendtreff, zu Hause gewesen. Dort hatte ich mich auf der Toilette eingesperrt und mit dem Strahl aus dem Rachen immerhin die Schüssel getroffen. Den Kopf auf dem WC-Ring, hörte ich draussen aufgebrachte Schritte. Tamis Mutter war von meinem Radau aufgewacht. Ich raffte mich zusammen und spülte, wusch die Hände, Gesicht und Mund. Nachdem sich die Aufregung gelegt hatte, entschuldigte ich mich bei Tami und schlüpfte aus der Wohnungstür. Ich ging unter den Strassenlaternen, deren Licht sich perspektivisch verzog, den Zürichberg hinab und wurde von bunten Drachen fertiggemacht.

Plötzlich bildete ich mir ein, einen unregelmässigen Gang zu haben. Ich wollte es korrigieren. Übermässig auf jeden Fehler fixiert, verkorkste der Gang nur noch mehr. Ich versuchte es mit einer Gegenbewegung und schwang die Beine breit und ausladend. Plötzlich zwackte mich etwas in der Wade, als wäre sie gezerrt. Jetzt konzentrierte ich mich auf die Wade und meinte, der eine Unterschenkel sei kürzer als der andere. Es wurde immer schlimmer. Ich stolperte fast über die eigenen Füsse. Vor Schmerzen begann ich zu humpeln. Ich hinkte den restlichen Weg nach Hause. Seither plagt mich in schwierigen Situationen ein Zwicken in der Wade.

An langweiligen Partys, wenn ich nichts mir mit anzufangen wusste, liess ich mich volllaufen. Mehr als einmal musste ich hinter dem Gebüsch verschwinden, um einer Alkoholvergiftung zu entgehen. Das Gemisch aus Orangensaft, Wodka und Magensäure spritzte aus der Nase. Mit der Zeit lernte ich meine Grenzen besser kennen, aber übertrat sie dennoch willentlich und oft. Besonders das Kiffen machte mich paranoid und phobisch. Ich konnte dem Gruppendruck trotzdem nicht widerstehen und schlug ein mir angebotenes Tütli nie aus. Wenn der Rausch einsetzte, legte sich eine Wand zwischen mich und die anderen. Ich trat aus mir heraus und beobachtete mich selbst aus ihrer Sicht. Wie affig ich dasass. Wie falsch mein Gesicht. Ich schreckte auf. Mein verkrampftes Lachen war suspekt. Jede meiner steifen Regungen verriet meine innere Zerrissenheit. Die anderen mussten dieses erbärmliche Geschöpf, das ich war, hassen. Sie rochen meine Schwäche. Bestimmt verachteten sie mich dafür. Die Spiegelungen, die ich skizzierte, brachen über mir ein. Scherben erdrückten mich.

Dabei bemerkten die anderen davon nichts, blieben immer gelassen und lustig, wenn ich, schon lange über alle Berge, mich mit meinen Dämonen herumschlagen musste. Vor allem überzüchtetes Marihuana versetzte mich in diese zersplitterten Zustände, in denen meine Sinne sich wie Messer anfühlten, die Wahrnehmung auf mich einstach. Haschisch von hoher Qualität aus Marokko hingegen hatte nach einer Weile, in der ich mit meinem Geist umzugehen lernte, eine inspirierende Wirkung. Meine Vorstellungskraft produzierte mit Vollgas Symphonien und Bilder. Das waren auch die Momente, in denen ich mit Noah eine tiefe Verbundenheit fühlte und wir Tränen lachen mussten, bis das Zwerchfell vor Anstrengung verkrampfte und wir nach Luft schnappten.

Meinen sechzehnten Geburtstag begingen wir, indem ich in der Mittagspause ganz legal ein Sechserpack Dosenbier kaufte. Wir tranken alles zu dritt auf der Trittliwiese, der Allmend mit den Kirschbäumen meiner Kindheit. Wir kletterten auf die Bäume, hangelten an den Ästen und exten in Rekordtempo die Dosen. Völlig betrunken gingen wir zurück in die Schule. Geografie stand auf dem Stundenplan. Wie in jeder Lektion stand die Klasse auf, wenn die Lehrperson eintrat. Im Chor hiessen wir Herrn Heinzen willkommen. Ich hatte den Einstieg verpasst und veranstaltete einen Lärm mit meinem Stuhl, der mir aus den Händen rutschte. Herr Heinzen wies mich zurecht und rief mich sogleich auf: »Wie heisst das Gewässer, das aus dem Thunersee abfliesst und in die Aare mündet?«

»Das ist eine Fangfrage«, lallte ich meine Antwort mit bleierner Zunge und stellte demonstrativ meine Gleichgültigkeit zur Schau. Ich konnte mich noch weniger kontrollieren als sonst. Das Kollegium identifizierte mich generell als Querulanten und Störenfried. Ich ging dazu über, wie so oft, unbeschwert mit meiner Sitznachbarin Lydia zu plaudern.

Ein andermal rauchten Gian, Thomas, Yves und ich in der Mittagspause ein besonders starkes Tütli. Wir sassen auf einer Bank im nahe gelegenen Park. Plötzlich kam es mir so vor, als wären mir magische Runen in die Seele eingraviert. Ich sah sie deutlich in mir leuchten, flackern in einem grünlich bis rötlichen Licht. Ich stand auf und ging ein Stück, aber der Eindruck verstärkte sich. Als Freifach hatte ich Philosophie gewählt. Zugedröhnt und mit rätselhaften Zauberkräften beladen, gelangte ich zum Unterricht des Rektors Dr. Schueler.

Er wollte mit uns die Gottesbeweise der Philosophiegeschichte behandeln. Ich brachte keinen Ton heraus. Der Lehrer, das Schulzimmer, die gescheiterten Beweise schienen mir feindlich und paradox, meiner mythischen Superposition definiert. Dr. Schueler bat mich, einen Abschnitt aus der Bibel vorzulesen. Ich stockte. Der Heilige Geist schnitt mir den Atem ab. Ich sagte, ich fühle mich nicht wohl. Dr. Schueler hatte Verständnis und sagte, ich dürfe nach Hause gehen. Seine übertriebene Freundlichkeit kam mir wie eine Teufelsaustreibung vor. Ich packte meine Sachen, schlich leise aus der Tür und dachte über meine magischen Zeichen nach. Als der Rausch verflogen war, blieb mir das Bild der leuchtenden Seelengravur im Gedächtnis.

6

Mit der Schule verbrachte ich zwei Ferienwochen in Montpellier. Das Austauschprogramm war Teil des Lehrplans. Aus meiner Klasse hatten sich die meisten für das Mittelmeer entschieden. Der Rest ging ins neblige England. Ich wohnte bei einer einsamen Frau, die mich über ihre Probleme ausführlich informierte. Ich hörte geduldig zu. Weil ich schlecht Französisch sprach, sagte ich nicht viel. Das ermunterte sie dazu, mir noch mehr von sich zu erzählen. Es kulminierte darin, dass sie lange weinte. Mein Bett stand in einem mit Krempel vollgestopften Vorzimmer und war ursprünglich ein Sofa gewesen. Am Tag gingen wir in die Sprachschule, über Mittag erschossen wir uns im Internetcafé bei Ballerspielen, am Abend hatten wir frei. Zu jener Zeit liebten wir Poker. Wir sassen am Strand und blufften, nahmen uns gegenseitig aus und tranken Bier. Noah sammelte mit einem Royal Flush of Hearts gerade mal fünfzig Eurocent, was bewies, dass nicht die beste Hand gewinnt. Mit einer Palette gezielter Hochstapelei gelang es mir hingegen, fünfzig Euro einzusacken. Ich fotografierte den Sand, wo es geschah, und das wütende Gesicht Brunos, den ich um den Betrag erleichtert hatte.

Auf dem Marktplatz erstand Noah für zehn Euro ein schmales Plättchen Haschisch. Das rauchten wir auf der Treppe direkt vor dem Polizeiposten. Es war egal. Im Vollrausch wähnten wir uns Soldaten in einem der Ballerspiele. Einer als Spitzel an der Ecke. Ein anderer sichert den Fluchtweg. Abrollen in die Strassenbahn. Blendgranate, der Kontrolleur ist im Anmarsch. Noah hat keine Munition mehr, nachladen! Wir rauchten das ganze Stück an einem Abend. So bewegten wir uns durch die Stadt bis zu Noahs Unterkunft. Dort war die schwierige Mission, unentdeckt einzudringen. Sein Patron entdeckte uns, wie wir die Hände zu Pistolen geformt auf dem Boden lagen und uns vor Lachen kullerten.

Währenddessen hielt an den Börsen die Hausse weiter an. Die Kurse stiegen, die Bäume wuchsen in den Himmel. Meine Familie ahnte nichts von meinem Substanzmissbrauch. Donatella gestand ich lediglich, dass ich Zigaretten rauchte. René verbrannte selbst eine Packung pro Tag, daher war das nicht weiter wunderlich. Im Büro seiner Agentur stank es fürchterlich nach abgestandenen Zigaretten. Zu Hause rauchte er am Fenster und beobachtete das Treiben unten.

Ich entdeckte den Grasvorrat meiner Eltern in einer Bonbondose. Als ich diesen eines Nachts plünderte, sprachen wir danach nicht darüber. René brummte bloss, jetzt müsse er wieder seinen Freund besuchen gehen. Es dauerte sehr lange, bis nach dem Ende der Schulzeit, bis ich es schaffte, konsequent zu meiden, was mich irremachte. Noch länger dauerte es, auch dem angenehmen Nebel des Haschischs zu entsagen. Erst nach einem psychotischen Schub, der mir jeden Sinn für das Reale raubte, kam ich endlich los von König Alkohol.

Nicht zu verbergen waren die Auswirkungen der Neujahrsfeier, die ich an der Trittligasse abhielt. René und Donatella waren mit Paolo nach Verscio gefahren. Wir hatten abgemacht, dass ich eine kleine Party veranstalten durfte. Ich lud jede Person ein, die in den Gängen des Rämibühls meinen Weg kreuzte und die mir halbwegs sympathisch war. Um stilvolle Kleidung wurde gebeten. Ich schloss einige Wertgegenstände weg, und auch den Fernseher räumte ich in einen Schrank. Der grösste Teil einer Einrichtung, das Mobiliar, lässt sich nicht so einfach verstauen, daher blieb die Wohnung von René und Donatella im Grossen und Ganzen in der Schussbahn. Zuerst tröpfelten nur vereinzelt Gäste rein, und es ging gesittet vonstatten. Mit zunehmender Nacht jedoch strömten immer mehr Leute in die Wohnung. Freunde von Freunden, viele kannte ich vom Sehen. Es schlug zwölf. Mit einem Mal war die Flut nicht mehr aufzuhalten. Neugierige Passanten kamen das Treppenhaus herauf. Wir schlossen die Tür, aber es fand sich immer jemand, der sie wieder öffnete. Über kurz oder lang platzte die Trittligasse aus allen Nähten. Im vereisten Garten tummelte sich eine Schar, in jedem Zimmer standen die Menschen dicht und rauchten sich gegenseitig voll. Wir hatten eine Menge Spass. Renés Whiskeyflaschen, die in der Küche auf dem Bord prächtig aufgereiht waren, wurden geplündert. Jemand leerte eine Chipsschale über mein Bett, in welcher sich Champagner mit Zigaretten zu einem dicken Saft gemischt hatten. Dessen ungeachtet nutzte es einige Stunden später ein Paar für Sex. Mein Cousin Theo kotzte aus dem Fenster im Treppenhaus über den Sandstein-Sitkust. Nochmals einige Stunden später sah ich im fahlen Morgenlicht und vom Mond beschienen einen nackten Männerarsch, der sich im Wohnzimmer gleichmässig auf und ab bewegte. Jemanden, der sich ursprünglich als Türsteher gemeldet hatte, fand ich über der Kloschüssel hängend. Er hatte zu viel gekifft. Die Party war komplett ausser Kontrolle geraten. Keine andere Silvesterfeier erreichte jemals wieder diesen schockartigen Zustand der Ekstase, der sich ungeplant und überraschend einstellte.

Die Hauseigentümer Herr und Frau Biber waren ein älteres Paar, das im Stockwerk direkt oberhalb lebte. Erstaunlicherweise beschwerten sie sich nie, weder über diese Neujahrsnacht noch über die Partys meiner Eltern.

Sie hätten sich auch diesmal nicht beschwert, hätte nicht noch zwei Tage danach das Treppenhaus nach Erbrochenem gestunken. Ich hatte in der Zwischenzeit die Ursache des Geruchs nicht eruieren können. Die Sitkustfigur lag etwas unterhalb des Fensters, aus dem Theo diese mit seinem Mageninhalt preichte. Stattdessen hatte ich die Stufentritte zweimal vergebens komplett gereinigt. Als mir der Bogen von Theos Kotze klar wurde, leerte ich kübelweise Wasser über den Vogel. Das half. Bald darauf liessen die Bibers den Sitkust in höchst eigentümlichen Farben anspritzen. Seither prangt ein gelber Kamm über dem purpurroten Körper und den grünen Füssen.

Meine Eltern kamen einen Tag früher als angekündigt nach Hause. Ich musste mich enorm anstrengen, aber mithilfe einiger Freunde brachte ich die Wohnung wieder in Ordnung. Donatella konnte nur noch einen leicht intensivierten Geruch nach Rauch feststellen, als es von Renés Zigaretten schon roch. René freute sich, dass endlich der Whiskey weg war, so konnte er neuen kaufen.

7

Meine Entgrenzung beschleunigte sich mit der Entdeckung und dem Besuch des Schultheaterkurses. Wir schlüpften in andere Rollen, kamen aus uns heraus. Unter der Leitung von Christoph, einem ins Esoterische kippenden alternden Schauspieler aus Zürcher Geldadel, entwickelten wir ein Stück, das ausgezeichnet wurde.

Im Schiffbau Zürich spielten wir uns bis zum besten Schultheater der Deutschschweiz. Weil viel mehr männliche Rollen zu besetzen waren als weibliche, sich aber mehr weibliche Personen zum Kurs angemeldet hatten als männliche, vertauschten wir die Verteilung. Die Männer spielten die Frauenrollen und umgekehrt. Meine Familie besuchte die Aufführung, und ich war zusätzlich nervös an dem Abend. Selbst mein Götti David kam, mir zuliebe, auch wenn er der künstlerischen Qualität des jugendlichen Schauspiels nicht viel abgewinnen konnte.

Ich hatte Theaterluft geschnuppert, lernte deren Aberglauben kennen. Nicht mit den Lippen zu pfeifen, weil das an den Ton von berstenden Öllampen erinnere, die das Zelt der Wandertruppe abfackelten. Oder bei der Premiere nicht Glück, sondern »toi, toi, toi« zu wünschen, was dreimal über die Schultern spucken bedeutete. Beim Aufwärmen klopften wir uns bürgerliche Verstarrungen aus den angespannten Muskeln und erkundeten unser intuitives Gespür für das Gegenüber. Auch der eine oder andere magische Stein wurde uns von Christoph in die Hände gedrückt. Endlich war ich Künstler geworden. Die Schule interessierte mich nur noch am Rande. Im Theater gab es eine Menge zu feiern, ein Land, wo Wein und Haschisch flossen.

Wir gingen intensiv ineinander auf. Bei einer Premierenfeier brach ich mit Nanina und Lydia in die Mensa ein. Die riesige Halle war die Bühne für unser nächstes Stück, das wir bis früh in den Morgen aufführten. Mit den Tablarwagen inszenierten wir eine Choreografie, tanzten auf den Tischen und füllten das Echo mit Gesang.

Als es schon hell war, umarmte ich Nanina. Mein Kopf lag auf ihren Schultern, unsere Backen berührten sich und rieben aneinander. Langsam, unsicher und zögerlich wanderten unsere Münder aufeinander zu. Ich war überrascht von Naninas feinen Lippen. Den Kuss verspürte ich als so unschuldig und rein, so ehrlich, dass ich süchtig wurde. Ich verliebte mich an Ort und Stelle. Nanina und ich sassen auf dem Boden der Mensa, umschlungen und küssten uns zum morgendlichen Vogelgezwitscher. Lydia tanzte selbstvergessen allein weiter.

Das Glück hielt nicht lange an. Während ich für die nächsten Monate immer wieder dahin zurückkehrte und mich abends im Bett an ihren Geruch erinnerte, erwiderte Nanina meine entfachten Gefühle nicht auf dieselbe Weise. Wir hatten das bereits ausgehandelt, als mich Nanina in die Ferien einlud. Ihre Mutter Claudia besass ein Haus in Griechenland. Dorthin kamen auch Christoph, der Leiter des Schultheaters, und Claudia mit. Ich hatte Christoph im Verdacht, auf Claudia aus zu sein, während ich wie ein Minnesänger probierte, Nanina für mich zu gewinnen. Mir wurde ein eigenes Zimmer zugeteilt. Mittig stand ein Himmelbett, das mit indigoblauen Leinentüchern verhängt war. Darin lag ich und beschwor Nanina herauf, jeden Moment durch die Tür zu treten. In Adonispose, ausgestreckt mit angewinkeltem Bein, wartete ich vergebens.

An den heissen Sommertagen durchstreiften wir die steinigen Hügel und antiken Ruinen der Peloponnes. Naninas Vater war ein griechischer Rebell gewesen, den sie nie kennengelernt hatte. Ihre Gesichtszüge passten perfekt zu den weissen Blumen, die sich unter den Felsbrocken in die brennende Sonne hervorwagten. Ich war angefressen von Naninas Körpergeruch, der vor mir herwehte und mich antrieb wie eine Karotte den Esel. Bei Hölderlin besprechen Hyperion und Diotima in dieser Szene die Fragen der Liebe. Ich hätte mir auch einen tiefgründigen Austausch gewünscht. Aber tatsächlich hatten Nanina und ich uns nicht besonders viel zu sagen. Oder konnten es nicht sagen. Ich sprach mich für ungezügelte körperliche Liebe aus, da dies der Gedanke war, der mich von morgens früh, wenn ich in der kühlen, feuchten Luft erwachte, bis abends spät, wenn ich mich selbst befriedigte, verfolgte und dominierte. Nanina hielt sich in dieser Frage zurück, aber liess durchblicken, dass ihr seelische Verbundenheit und Treue wichtiger waren.

Bei einem Abendessen mit Christoph und Claudia wurden meine Äusserungen zu Gericht gebracht. Ich griff nach dem Tsatsiki, während ich zuhörte. Das von der Hitze leicht klebrige Plastiktischtuch war mit Klammern an der Platte befestigt. Claudia verachtete meine romantische Freizügigkeit. »Ich würde nicht einfach nur ein Nümmerchen in der Reihe sein wollen«, sagte sie spöttisch. Ich schob ein Stück Pita in den Mund. Meine Rhetorik reichte nicht aus, um gegen die vorgebrachten Argumente anzuhalten. Christoph notierte aus eigenem Interesse mit. Dabei hatte er uns im Theaterkurs die seelische Loslösung von allen Zwängen eingetrichtert. Wenn Christoph in der Ägäis badete, flappte er mit den Armen und stiess tiefe Grunzer aus, die seine Erleichterung und seine Verbundenheit mit der Natur ausdrücken sollten.

»Ah, ah, ja, hmm, oh, aha, ja«, machte er. Es hatte etwas Clowneskes. Ich hatte mich als Teil der aufständischen Boheme gewähnt, aber wir waren doch nur an der griechischen Goldküste gelandet. Ich glaubte nicht mehr an die Befreiung der Seele aus diesem Käfig.

Die Abende waren lau. Ich kaufte von einem braun gebrannten Buben einen mit LED-Lämpchen bestückten Ventilator. Mit dieser Requisite alberte ich herum. Nanina erbarmte sich meiner, und eine Nacht verbrachten wir draussen auf dem Balkon. Wir betrachteten die Sterne und konnten die Milchstrasse in unendlicher Klarheit sehen. Wir überboten uns, darin neue Bilder zu finden, und lachten über unseren Ideenreichtum. Ich hielt ihre Hand und war glücklich. Irgendwann schlief Nanina ein. Ich lag noch lange wach. Da ich nicht masturbieren konnte, wie ich es seit Jahren täglich machte, fand ich keine Ruhe. Ich schaute in Naninas schlafendes Gesicht und wollte nochmals ihre Hand nehmen. Sie erwachte von der Berührung, erschrak und drehte sich zur Seite. Erst als die Vögel zwitscherten, die Zikaden Tiraden ergossen, von Eos' Finger gestreichelt, döste ich für einen Augenblick und träumte von der leiblichen Vereinigung.

Ich hatte ein Notizheft mitgenommen. Darin brachte ich meinen Wahnsinn zu Papier. Ich schrieb irre Fantasien, hin- und hergerissen von der Ambivalenz des Bestehenden und des Werdenden. Frustriert und verzweifelt sudelte ich meine verqueren Fragen und Antworten in langen Selbstgesprächen hin, unfähig zur knappen Kritik dieses stocksteifen Hauses. Im Streben nach dem echten Ausdruck füllte ich einige Seiten mit nur wenigen riesigen Buchstaben und Schlagworten. Merksprüche, platte Aphorismen. Aus Scham habe ich das Heft in den Gezeiten verloren.

8

Mit etwa zehn Leuten aus dem Theaterkurs fuhr ich in Verscio ein. Wir legten den gesamten oberen Stock des Ferienhauses mit Matratzen und Decken aus, ein einziger Massenschlag. Donatella hatte ich nur vier bis fünf Freunde angekündigt. Wir sonnten im Garten, blieben lange wach, besprachen die grossen Themen, stolperten in der Nacht übereinander beim Gang zur Toilette. In der Gegend gibt es wunderschöne Wanderwege, die mich als Kind nie interessiert hatten. Jetzt erklommen wir den Berg, den Bach entlang durch weitläufige Birkenwälder. Hatten wir am Abend zu viel getrunken, legten wir uns am nächsten Tag bloss auf die Sandbank unten am Fluss Melezza.

Eine Nachbarin, die Tochter eines wichtigen Bankiers, beklagte sich bei meinem Grossvater über den Lärm. Nonno rief an und eröffnete mir, dass er ins Auto steigen und uns eigenhändig aus dem Haus werfen werde, wenn wir bis am Abend nicht das Feld geräumt hätten. Ich sei ausserdem enterbt. Unsere Truppe hielt Kriegsrat im Garten. Die Wolken ballten sich am Himmel, als Katharina und ich aneinandergerieten. Nicht zum ersten Mal lagen wir uns in den Haaren. Wenn Katharina und ich stritten, wurde es ihrer besten Freundin Rebecca unheimlich. Sie sagte, es sei, wie wenn zwei Naturgewalten aufeinanderträfen. Die Blitze, die aus unseren Augen zuckten, waren für Rebecca spürbar.

Katharina und ich duellierten uns ungehemmt bei jeder Gelegenheit. Sie hatte mich gleich bei unserer ersten Zusammenkunft als Theaterneulinge angesprochen. Ich sass auf einem Stuhl, sie im Schneidersitz neben mir auf dem Boden. Christoph erzählte über Sophokles. Katharina hatte voluminöses rot gelocktes Haar und, wie sie sagte, die Nase einer Prinzessin. Sie schaute zu mir hoch und sagte, ich hätte sehr schöne Wimpern. Ich lachte schüchtern zu ihr herab und murmelte: »Von meiner Mutter.« Ich konnte Komplimente nicht gut annehmen. Katharina war in einem gebildeten Haushalt aufgewachsen. Als ich einmal bei ihr zu Hause war, spielten wir zusammen mit ihrer Mutter ein Spiel, bei dem Worte aus zufällig gewürfelten Buchstaben gefunden werden mussten. Ich belegte den letzten Platz.

Wir einigten uns, das Haus meiner Grosseltern bis in den letzten Winkel zu putzen und picobello zu hinterlassen. Während ich den Herd schrubbte, sah ich durchs Küchenfenster draussen Noah mit einem Jo-Jo spielen. Wir verstauten alle Kissen, Decken und Matratzen, fegten den Kamin, lasen ein paar tote Skorpione im Keller zusammen, wischten feucht die Böden und ordneten die Bücherregale alphabetisch. Es fehlte nur noch, dass wir die Asbestziegel auf dem Dach vom Moos befreiten. Dann zogen wir bei Cavigliano, ein Dorf weiter, ins Ferienhaus von Katharinas Familie.

Das sorgfältig restaurierte Rustico aus geschichteten

Granitsteinen lag etwas abseits vom Dorf am Hang und im Schatten des Waldes. Auch bei der grössten Hitze war es angenehm kühl. Hier kochten wir ungestört und hielten auf der Veranda unsere Bankette und Symposien ab. Wir schauten Katharinas Lieblingsfilm, die *Romeo und Julia*-Verfilmung mit Leonardo DiCaprio. In der Mitte des Tisches bildete sich ein Sog um unsere Gedanken, die Gespräche, dem wir nicht entfliehen konnten. Wir sprachen über Geister und unerklärliche Phänomene, über schwarze Magie und übernatürliche Kräfte. »Zum Beispiel«, sagte Noah, »passiert es mir, dass ich an jemanden denke, und genau in dem Augenblick ruft diese Person mich an. Oder ich laufe ihr am selben Tag über den Weg, obwohl wir uns schon lange nicht mehr gesehen haben.«

»Gut«, warf ich ein, »das kann blosser Zufall sein. Du denkst vielleicht viel öfter an diese Person, aber es bleiben dir nur diese speziellen Ereignisse im Gedächtnis.«

»Genau«, sagte Michael, »der Mensch nimmt selektiv wahr und ist in der Sinneswahrnehmung beschränkt.«

»Die Taschenspielerei ist ja die optische Täuschung. Also eigentlich das Ausnützen und Aufzeigen der beschränkten Wahrnehmung. Darin liegt die Magie«, fügte Noah hinzu.

Michael fuhr fort: »Daher kann es gut sein, dass um uns herum Wesen leben, die sich unseren Sinnen entziehen. Die wir noch nicht sichtbar gemacht haben. Das fängt bei Bakterien an, die lange Zeit unbemerkt auf Menschen herumkrabbelten, und hört bei Geistern und Ausserirdischen nicht auf.«

»Geister!«, rief Katharina aus. »In diesem Haus spukt es. Ich habe schon oft etwas leise meinen Namen flüstern gehört. Ich denke, es ist meine verstorbene Tante.« Michael ging kurz nach drinnen, und als er wiederkam, heulte plötzlich eine unheimliche Stimme auf: »Katharina … Katharina … Warum hast du das getan …? Katharina …« Katharina zuckte zusammen. Sie fiel fast vom Stuhl. Michael hatte unbemerkt ein Aufnahmegerät in eine der Amphoren geschmuggelt und das geisterhafte Säuseln abspielen lassen. Wir krümmten uns vor Lachen.

9

Meine Geschwister wuchsen heran. Wegen der schlechten Erfahrungen, die ich am Hirschengraben gesammelt hatte, wurde Paolo in einer Tagesschule im Kreis Zürichberg eingeschult. Diese hatte ihre eigene Schwimmhalle und einen Fussballplatz mit echtem Rasen. Es wurde Wert auf eine ganzheitliche und gemeinschaftliche Bildung gelegt. Die Atmosphäre war freundlich und familiär, von altem Geld durchtränkt. Als ich mit René und Donatella im Schulhaus eine Aufführung des Kindertheaters besuchte, war ich schockiert von so viel Freundlichkeit. Von meiner Primarschule war ich ein härteres Pflaster gewohnt gewesen. Ich hatte nicht gewusst, dass es möglich war, Kindern ein positives Selbstbild mit auf den Weg zu geben.

Draussen auf dem Fussballfeld wurde ich von zwei Schülern angemacht. Sie waren mindestens vier Jahre jünger als ich, aber grösser gewachsen. Wegen meines kindlichen Aussehens dachten sie wohl, sie seien die stärkeren und ich ein leichtes Opfer. Ich hörte mir ihre aggressiven Sprüche an und hielt dagegen. Als einer auf mich zukam, hob ich die Faust und ging in Kampfstellung. Das war wie das Durchbrechen einer Schallmauer. Der andere machte grosse Augen, als hätte er so was noch nie gesehen. Er wich zurück und gab klein bei. Hier prügelte man sich nicht.

Vanille und Stella waren freche Mädchen. Sie sprangen an mir herum wie Katzen. Ich liess es mir gefallen. Besonders an Sonntagmorgen kamen sie in mein spärlich eingerichtetes Zimmer und tobten auf dem Bett herum, in dem ich noch faulenzte. Sie wollten, dass ich sie unter der Decke fing und festhielt. Sie jauchzten und kreischten ohrenbetäubend. Auf Henrys Videoaufnahmen aus dieser Zeit bin ich zu sehen, wie ich heillos überfordert bin mit meinen Schwestern. Waren wir auf einer jener langweiligen Ausflüge in die Natur, die alle meine Eltern so liebten, wusste ich erst nicht recht, was anfangen. Entrückt und unnahbar gehe ich kaum auf die neckischen Spielereien meiner Schwestern ein, um plötzlich auszufahren und sie zu erschrecken. Ich sinke wieder in mich zusammen und warte wie eine Statue. Es geht von vorne los.

Vanille und Stella wurden ebenfalls im Hirschengraben eingeschult. Es hatte sich nicht viel geändert, ausser dass auf den Pausenplatz eine Plastik gestellt worden war. Ein liegender Drache riss das Maul auf. Beim Rücken eingestiegen, rutschte man auf der Zunge raus. Das Biest war mit Tausenden farbigen Keramiksteinen wie ein Mosaik verziert. Einmal musste ich Nicks Bruder Simon zurechtweisen, weil er Vanille plagte. Ich ging auf den Pausenplatz, wo der Drache lag, und sagte Simon, er solle Vanille in Ruhe lassen. Sonst würde ich noch einmal bei ihm vorbeischauen. Die Scham, ertappt worden zu sein, war genug. Die Erinnerung an die Schläge aus der Kindheit half zusätzlich.

In meinem Zimmer an der Florhofgasse standen mein Bett, ein Holzregal aus dem Lager und ein kleiner Schreibtisch. Ein grosser antiker Kachelofen, der nicht mehr betrieben wurde, blockierte den Raum. Als ich einmal im Bett lag und eine Schwere auf mich niederdrückte, identifizierte ich den Kachelofen als Ursache. Er störte mich dermassen, dass ich Henry in den Ohren lag, ihn bitte entfernen zu lassen. Ich hatte das Gefühl, daran zu ersticken. Ich bildete mir ein, der Russ und Feinstaub im Kaminrohr lösten sich langsam ab und vergifteten die Luft im Zimmer. »Du spinnst wohl«, sagte Henry. »Ja woher, das kann nicht sein. Das ist unmöglich, mein Sohn«, fügte er hinzu. Er sagte gerne »mein Sohn«, wenn er seinen Worten Bedeutung verleihen wollte. »Mach dir keine Sorgen, mein Sohn.« So stellte er mich auch seinen Bekannten vor: »Das ist mein Sohn.« Er war sehr stolz auf seine Kinder. Trotzdem konnte er es nicht unterlassen, fiese Sprüche zu platzieren. Als Stella pubertierte, nannte er sie »Stellermocken«. Nach der Scheidung von Henry und Daniela wurde Stella sehr dünn.

Die Trennung brach wie eine Abrissbirne in die Florhofgasse ein. Gekriselt hatte es schon länger. Manchmal war Daniela spätnachts nach Hause gekommen und schlief samstags bis zum Mittag. Da ich nur an den Wochenenden dort war, wusste ich nicht, ob es etwas mit mir zu tun hatte, ob ich schuld daran war. So, wie ich mir die Scheidung von Henry und Donatella heimlich vorgeworfen hatte. Daniela setzte sich in den ellenlangen Flur der Wohnung und schrie, schrie wie am Spiess. Sie sass nur da und schrie. Als sie damit fertig war, packte sie eine Tasche mit Henrys Kleidern und warf sie aus dem Fenster auf die Gasse. Henry übernachtete im Hotel, ich ging an die Trittligasse. Henry behauptete mir gegenüber, Daniela hätte ihn mit einem Schleimsack betrogen. Nach der Scheidung lebte Daniela mit Daniel. Das war der Chef in der Agentur, in der sie Öffentlichkeitsarbeit betrieb.

Ich wurde retraumatisiert und musste hilflos zusehen, wie Vanille und Stella unter dem plötzlichen Druckabfall litten. Die Fenster an der Florhofgasse barsten, überall lagen Scherben und Splitter. Henry erstritt vor Gericht das geteilte Sorgerecht für seine Töchter. Er wollte es besser machen als bei mir. Henry hatte versucht, als Vater in meinem Leben präsent zu bleiben, aber rechtlich war er unterlegen. Donatella bestimmte, wie lange wir uns sahen. Das trug ich Donatella lange nach, bis ich verstand, dass es vielleicht richtig gewesen war. Vanille und Stella hingegen verbrachten die Hälfte der Zeit bei Henry, die andere Hälfte bei Daniela und Daniel in Meilen am See. Ein komplizierter Kalender am Kühlschrank markierte, wer wann wo war. Den Humor verlor Henry dabei nicht.

Als Beamte vom Denkmalschutz vorbeikamen, um das Haus zu überprüfen, fragten sie nach dem Kachelofen.

»Hier müsste ein antiker Kachelofen sein«, sagte der eine Herr vom Amt. »Es steht so im Plan.«

»Was für ein Kachelofen?«, fragte Henry. »Hier stand nie ein Kachelofen. Denken Sie etwa, ich hätte es nicht bemerkt, wenn hier ein grosser Kachelofen gewesen wäre?«

»Es steht aber so im Plan«, wiederholte der Denkmalschützer.

»Stand hier jemals ein Kachelofen?«, fragte mich Henry.

Ich schüttelte den Kopf. »Nein, von einem Kachelofen weiss ich nichts.«

Triumphierend wandte er sich wieder an die Beamten. »Das ist ja interessant. Mein Sohn, der in diesem Zimmer wohnt, weiss nichts von einem Kachelofen. So funktioniert es also beim Staat. Nur weil in irgendeinem Plan etwas eingezeichnet ist, existiert es für Sie auch in Wirklichkeit. Sie können noch lange falsche Pläne zeichnen, deswegen werden die nicht wahr!«

Völlig verstört blickten die Beamten vom Denkmalschutz Henry an, der sich in Rage geredet hatte. Sie wussten nicht mehr, wo oben und wo unten stand, als sie schliesslich verwirrt auf die Wohnungstür zusteuerten und heilfroh waren, dass Henry ihnen nicht noch aus dem Fenster in die Strasse nachrief. Sie kamen nicht wieder.

10

An der Trittligasse trennte ein riesiges USM-Hallergestell mein Zimmer in zwei Teile. René hatte es bei einer Geschäftsauflösung mitgenommen. Ich hatte das grösste Zimmer, aber das Gestell liess es schrumpfen. Auf der einen Seite war mein eigentliches Gebiet, auf der anderen Seite hatte Donatella ihre Kleider im Einbauschrank. Jeden Morgen kam sie in mein Zimmer, um sich anzukleiden. Wenn ich am Schreibtisch Hausaufgaben machte, bügelte sie nebendran. Das machte mich wahnsinnig, weil ich mich unmöglich konzentrieren konnte. Das Eisen dampfte und zischte. Eines Tages kam ich nach Hause, nahm einen Hammer und zerlegte das Metallgestell in seine Einzelteile. René war gar nicht amüsiert. Ich hatte es nicht zerstört, aber einige Bleche waren verbogen und zerdellt. Den Hammer hatte ich mit Wucht und Überzeugung geführt. Eine Woche später holte es jemand ab, geschenkt.

Nun war das Zimmer lichtdurchflutet, und ich atmete auf. Donatella kam trotzig weiterhin am Morgen ins Zimmer, um sich anzukleiden. Ohne den Schutz des Gestells räumte sie bald den Schrank aus. Ich hatte das Zimmer endlich für mich allein. Den Schreibtisch liess ich, wo er war. Das Bett platzierte ich in der Mitte, das Aquarium am Fussende. So haben es nun auch meine Eltern eingerichtet. Zierfische sterben zwar schnell, aber das Aquarium steht bis heute.

Es war etwa zu jener Zeit, als ich die Schranke in meinem Zimmer niederriss, dass ich das erste Mal mit meinen Texten auf einer Dichterbühne stand. Im Netz publizierte ich ein kurzes Gedicht, das ich während des Englischunterrichts bei Frau Falk verfasst hatte. Daraufhin kontaktierte mich Urs, der mich zu einem Auftritt einlud. Der Dichterwettstreit nach amerikanischem Vorbild machte Schule auch in der Schweiz. In jedem Kaff fanden die Lesungen statt, bei denen die Poeten in maximal fünf Minuten das Publikum von sich überzeugen mussten. Dieses kürte am Schluss den Gewinnertext. Um den Nachwuchs zu fördern, hatte Urs ein eigenes Format für die unter Zwanzigjährigen aufgebaut. In einem Theater, dessen Eingang sich bei einer Tankstelle befand, trug ich meine kurzen Gedichte vor. Danach im Gaskessel in Bern. Dann in der ganzen Schweiz.

Eine der ungeschriebenen Regeln und Merksprüche des Erfinders dieses Formates lautete, dass die Besten immer verlieren. Das traf auf mich zu, denn ich gewann fast nie. Die Leute wollten lachen und Spass haben. Ich ging ihnen mit meinen melancholischen und schweren Texten auf die Nerven. Mein Ehrgeiz wurde angefacht. Ich schaffte es mit viel Mühe, einen der begehrten Startplätze an den deutschsprachigen Meisterschaften zu ergattern. Die fanden in jenem Jahr in Berlin statt. Unsere Schweizer Delegation reiste an mit dem Zug. Hier lernte ich Nino kennen. Wir rauchten auf den Zugtoiletten aus dem kleinen Fenster, das sich kippen liess. Im Hotel in Berlin teilten wir uns ein Zimmer und gründeten ein Team.

Vor meinem Auftritt war ich endlos aufgeregt. Ich schätzte meine Chancen, ins grosse Finale im Admiralspalast einzuziehen, als gering ein. Das deutsche Publikum war mir unbekannt. Meine Vorrunde fand um zwei Uhr nachmittags in einem charmelosen Büroraum statt. Hier konnte sich das Geheimnis meiner düsteren Texte nicht entfalten. Am Abend zuvor hatte ich mich mit Nino betrunken, um meine Nervosität abzumildern. Das ging nach hinten los. Mit dem Restalkohol im Blut und einem Konterbier war ich nur noch aufgekratzter. Ich flog schon nach dem ersten Durchgang raus. Damit war's gelaufen, ich hatte hier nichts mehr zu tun. Enttäuscht und niedergeschlagen fuhr ich alleine und vorzeitig ab. Ich hatte eine Schulexkursion dafür geschwänzt, von der ich nur unter der Bedingung befreit wurde, dass ich einen Erlebnisbericht über die Meisterschaften verfasste. Ich schrieb darüber, wie viel wir geraucht, bei jeder Gelegenheit Zigaretten geschlotet haben. Das goutierten nicht alle meiner athletischen Klassenkameraden.

Die tiefe Enttäuschung auf der Bühne wurde aufgehoben durch das Erscheinen meines ersten Textes. Ein junges Basler Literaturjournal, von dem nur jemals zwei Ausgaben veröffentlicht werden sollten, startete mit einigem Furor. Die Ansprüche waren hoch, die Umsetzung aufwendig. Ich lieferte zwei Prosaminiaturen. Zur Vernissage fuhr ich nach Basel, wo ich bei der gut besuchten Veranstaltung in einem alternativen Lokal auch die Texte vorlas. Kurz darauf druckte der Zürcher *Altstadt Kurier*, die ultralokale Zeitung für die Altstadt rechts der Limmat, eine Kurzgeschichte. Der Text handelte vom missglückten Diebstahl mit Nick. Der Redakteur kam zu Besuch an die Trittligasse und brachte zwei Flaschen Wein, obwohl ich noch nicht achtzehn geworden war. Er stand in der Küche und lobte mein Können. Ich war sehr stolz und meinte, dass dies meine Eltern bestimmt beeindrucken würde. Auch wenn ich es mir nicht eingestand, war ich natürlich abhängig von ihrem Zuspruch. René schmeckte der Wein gar nicht.

11

Mit Nino ging ich auf eine Deutschlandtournee. Wir übernachteten unter freiem Himmel im Schlafsack, meldeten uns spontan für Auftritte noch am selben Abend, fragten dort das Publikum nach Übernachtungsmöglichkeiten. In Köln fand die Lesung auf einem Bierkanister im Park statt. Eine junge Frau, die zugehört hatte, nahm uns bei sich auf. In jener Nacht meinte ich, Nino zu ihr ins Zimmer schleichen zu hören, aber am Morgen dachte ich, ich hätte es geträumt. Sie machte uns frischen Kaffee, dann waren wir wieder auf der Strasse und stiegen in den Zug in die nächste Stadt. Hamburg war enttäuschend. Nicht nur fand die angekündigte Dichterbühne gar nicht statt, wir fanden auch nichts zum Übernachten. Schliesslich kletterten wir auf das Flachdach einer öffentlichen Toilette. Am Morgen weckte uns die Polizei. Sie kontrollierten unsere Ausweise und liessen uns gehen. Zum Glück kontrollierten sie nicht unsere Sachen, sonst hätten sie bei Nino das Gras gefunden. Er rauchte es in rauen

Mengen. Ich hingegen rauchte ein Päckchen Zigaretten pro Tag, manchmal mehr.

Nach dieser Reise war das Gymnasium für mich endgültig vorbei. Ich berechnete meine Abschlussnoten. Für jede einzelne verbleibende Prüfung hielt ich fest, wie sie meinen Durchschnitt beeinflusste. Ich kalkulierte, welche Note ich jeweils erreichen musste, um zweifelsfrei zu bestehen. Morgens ass ich wie gewohnt meine Schale mit Maisflocken, Milch und Zucker, die Donatella vorbereitete. »Carlo Bernasconi veröffentlicht mein Kochbuch«, erzählte sie freudig, und wir waren glücklich für sie und die Welt, dass Donatellas Rezepte festgehalten wurden. René plauderte von einem neuen Wein, den er entdeckt hatte. Ein ausgesprochen guter Jahrgang sei das gewesen. Er kaufte Kisten voller Flaschen, die ein ächzender Kurier unten im Treppenhaus abstellte.

Ich verabschiedete mich und verliess pünktlich das Haus. Ich kam aber nicht in der Schule an. Auf dem Weg lag das *Café Odeon*. Dort setzte ich mich hin und verbrachte den ganzen Tag, bevor ich pünktlich wieder nach Hause kam. Die grösste Frechheit daran war vielleicht, dass das Café keine fünf Minuten von der Trittligasse entfernt war. Anscheinend war es ein berüchtigter Treffpunkt der Schwulenbewegung gewesen. Davon merkte ich nichts, wenn ich die schick und geschmacklos gekleideten Zürcher Passanten beobachtete. An anderen Tagen ging ich ins Kino, spazierte durch die Stadt, den See entlang oder stöberte stundenlang in Buchhandlungen. Ich setzte mich in die Lesesessel und las Comics und Jugendbücher.

Mit der Volljährigkeit durfte ich meine Absenzen selbst unterzeichnen. Von dieser Kompetenz machte ich ausführlich Gebrauch. Mein Fehlen war von mir eigenhändig beglaubigt. Selektiv besuchte ich Lektionen, wenn Prüfungen anstanden oder weil es mich interessierte. Es dauerte erstaunlich lange, bis Donatella einen Anruf von meiner Klassenlehrerin Frau Falk bekam, was mit mir los sei. So viel fehle doch kein Mensch. Ich hätte in den letzten sechs Monaten nur dreissig Prozent des Unterrichts besucht. Donatella sagte: »Das kann nicht sein, er geht jeden Tag zur Schule.« Frau Falk setzte sie über den Sachverhalt in Kenntnis. Donatella wurde sehr wütend auf mich.

Sie selbst hatte ein halbes Jahr vor der Matura die Schule abgebrochen. Diese Dummheit bereut sie bis heute. Sie wollte auf keinen Fall, dass ich denselben Fehler machte. Bei René dasselbe. Auch er hatte das Gymnasium ein Jahr vor dem Abschluss abgebrochen, um eine Grafikerlehre zu machen. Die Werbebranche lockte ihn. Er wollte viel Geld verdienen, um seinen in einfachen Verhältnissen lebenden Eltern zu imponieren und sie zu teuren Nachtessen einzuladen. Henry ging direkt an die Kunstgewerbeschule, dafür brauchte es damals keine Matur. Für die Generation meiner Eltern brauchte es sowieso keine Ausbildung. Nächtelang feiern, den Planeten ausbeuten, irgendeine Anstellung wird sich dann schon finden. Hauptsache, Auto fahren und gegen Kernkraftwerke demonstrieren. Nach meinem Grossvater Bartolomeo war ich der Erste meiner Familie, aus dem was Kluges werden musste.

Ich hatte erneut bei der Schulleitung anzutanzen, um mich zu erklären. Diesmal ganz oben, bei Rektor Dr. Schueler. Ich war ehrlich. Die Schule begeisterte mich nur noch stellenweise. In einer drastischen Massnahme entzog mir Dr. Schueler die Mündigkeit. Ich durfte meine Absenzen nicht mehr unterschreiben. Mir wurde meine Reife aberkannt. Perfid daran war, dass Dr. Schueler mich vor die Wahl stellte: Entweder ich willige dazu ein, denn ohne meine Einwilligung wäre dieser Schritt nicht erlaubt gewesen. Oder er prüfe sämtliche meiner Absenzen nach, was potenziell in sofortigem Schulausschluss gemündet hätte. Meine Lage war prekär genug. Mit Donatellas Zustimmung wurde ich einer disziplinarischen Korrektion unterzogen und durfte bis zum Abschluss nicht mehr fehlen oder zu spät zum Unterricht erscheinen. Es war eine elende Qual. In den langen Schulstunden flippte ich aus. Ich sass in der hintersten Reihe, um möglichst weit weg vom Quell meiner Strafe zu sein. Einmal gagelte ich mit dem Stuhl so weit zurück, dass ich umkippte und mir an der grauen Sichtbetonwand beinahe ein Loch in den Kopf geschlagen hätte. Der demonstrative Radau war nicht das einzige problematische Verhalten. Ich vernachlässigte meine äussere Erscheinung. Da mein Körper klein geraten war, gab es keine Hosen zu kaufen, die meinen kurzen Beinen passten. Sie lampten stets über den Schuhabsatz, sodass ich beim Gehen drauf stand und bald den Saum abwetzte. Die dreckigen Fetzen schleppten hinter mir her. Ich trug immer noch die verwaschenen Oberteile aus der Kindheit, die ich nie wirklich ausgewachsen hatte. Während andere, ernsthafte Jugendliche bereits Hemden mit schönen Kragen anhatten, lief ich herum, als wäre ich zwölf.

Auch um meine Frisur scherte ich mich überhaupt nicht. Meine Haare wuchsen ungehindert und ungeformt. Sie fielen mir ins Gesicht, einige Strähnen bis über die Augen. Mit nervösen und ruckartigen Zuckungen des Kopfs schüttelte ich sie zur Seite, oder ich blies durch ein Vorschieben des Unterkiefers die störenden Fäden aus dem Weg. »Siehst du überhaupt noch etwas?«, pflegte Donatella zu fragen. Dann schor ich mir jeweils mit einem elektrischen Rasierer vor dem Spiegel im Badezimmer die Haare zum Millimeterschnitt. So hatte ich eine Weile Ruhe, bis die Fransen unweigerlich erneut über meine Stirn in Richtung Guckapparat krochen. Ich hatte jedoch nie den Mut, die Zeit und den Nerv, die Haare über diesen kritischen Moment hinauswachsen zu lassen, damit sie so lang wurden, dass ich sie mit einer sanften Bewegung der Hand hätte hinter die Ohren streichen können.

Wenn auch auf Sparflamme, war der Notenschnitt auf der letzten Strecke meiner Schulkarriere durchaus im legalen Bereich. Der Konvent gab sich jede Mühe, meine Noten abzurunden, aber ich hatte einen Puffer in meinen Berechnungen einkalkuliert. So einfach war ich nicht kleinzukriegen. Die Versammlungen des Kollegiums stellte ich mir wie einen Stammtisch vor, bei welchem die Lehrpersonen über uns ablästerten oder sich witzige Details zu unseren Leben erzählten. »Dem seine Eltern sind Künstler. Und geschieden. Flickwerkfamilie. Das konnte ja nicht gut kommen«, hörte ich sie sagen. »Die Mutter war eine Weile lang alleinerziehend. Kein

Wunder, hat der Bengel keine Manieren. Ich habe ihn vor die Tür gestellt, und er kam mit einem Gedicht zurück. Er ist zwar nicht auf den Kopf gefallen, aber ob wir uns das gefallen lassen sollen?« Über andere sagten sie: »Das ist der Sohn eines Verwaltungsrates. Besser, wir nehmen ihn mit ins nächste Jahr. Ich kann gut noch eine halbe Note aufrunden. Er sagt zwar nie etwas im Unterricht, aber Schweigen ist Gold, also gerechtfertigt. Komm, ich gebe den Quotensechser. Das ist rekurssicher.«

Frau Falk schrieb mir eine liebe Karte, die ich in meiner Ablage fand. Dort stand unter anderem: »Wir sehen das Feuer, das in Ihnen brennt.« Ich war mir nicht sicher, ob es zynisch oder aufrichtig gemeint war. In der Praxis ging es eher darum, das gefährliche Feuer zu löschen. Ich wusste um das abgekartete Spiel, wertete es aber trotzdem positiv. Es blieb mir gar nichts anderes übrig. Am Ende musste ich realistisch bleiben. Der Lehrkörper und ich betrachteten uns in wehrsamen Respekt. Aus Trotz liess ich mich zum Klassenchef wählen, nur um meine dahingehenden Pflichten komplett zu ignorieren und an einen jener pflichtbewussten Stummen abzugeben.

12

Als ich einmal krank wurde, bat ich Donatella, die Schule darüber zu informieren und mich freizustellen. Sie glaubte mir nicht und sagte, dass ich simuliere. Ich musste krank zur Schule. Sonst hätte ich mir eine unentschuldigte Absenz eingefangen, nach deren drei der

Ausschluss erfolgte. Wenige Monate vor den Abschlussprüfungen hielt ich es nicht mehr aus. Ich wollte probieren, für eine Weile bei Henry zu wohnen. Er beglaubigte meine Absenzen, wenn ich ihn darum bat.

Meinen Rechner stellte ich im Wohnzimmer auf. In Henrys eigenem Durcheinander fiel diese unästhetische Installation nicht ins Gewicht. Vanille und Stella nahmen mit der integrierten Kamera lustige Bilder und Videos von sich selbst auf, die ich erst Jahre später entdeckte. Sie tanzten und quatschten und experimentierten mit den virtuellen Filtern. Bis spät in die Nacht sass ich am Tisch und war mit meinem hässlichen Kerl in der virtuellen Welt unterwegs. Ich erlegte ein Wildschwein nach dem anderen und eroberte mit vierzig anderen Spielenden verfluchte Schlösser aus den Klauen eines verdammten Eiskönigs.

Von der Florhofgasse musste ich bis zum Schulgebäude nur zwei Strassen überqueren. Auf dem Weg lagen keine Ablenkungen. Ich ging brav zur Schule. Bei Frau Falk legte ich Shakespeare in hanebüchenen Neuinterpretationen aus, die ich an Ort und Stelle beim Reden erfand. Im Deutschunterricht von Herrn Fahlmer spielte ich Schiller.

Mit einer Reihe inniger Zauber und Gebete befreite ich mich von einer Biologieprüfung. Dass ich meinen guten Schnitt in Biologie beibehielt, war entscheidend für meine Notenkalkulation. Wir hätten alle einheimischen Bäume und Sträucher auswendig lernen müssen, mit ihren Früchten, ihren Blüten, ihren Blättern, ihren Rinden, ihrem Wuchs, ihrem Lateinischen Namen. Meine Klasse hatte unter Ächzen und Stöhnen den ganzen stupend umfangreichen Stoff in sich hineingestopft. Ausser der Eichel und dem Haselnussstrauch lernte ich keine einzige Pflanze identifizieren. Den Test verpasste ich gezielt und durch Henry entschuldigt. Die angekündigte Nachholprüfung fiel aus, weil die Lehrerin krank war. Eine Woche später war Notenschluss. Laut Stundenplan hatten wir bis dahin keine Biologielektionen mehr. Unerhört. Einmal mehr war ich ungeschoren davongekommen.

Ich buchte einen Termin bei Dr. Schueler und bat ihn, mir meine Mündigkeit zurückzugeben. Ich wollte das Gymnasium nicht als zu bessernder Befürsorgter beenden. Er zögerte, willigte dann aber ein, versuchsweise. Es blieben sowieso nicht mehr viele Gelegenheiten zum Schwänzen. Die Tage der Prüfungen fielen in einen heissen Sommer. Vor Nervosität schrieb ich in Deutsch einen sehr schlechten Aufsatz. Auf dieser Note lag viel Gewicht. Ich setzte an, strich, setzte wieder an. Es kam nichts Kluges dabei raus. Ich hatte auf mich gezählt, wenigstens etwas Annehmbares abzuliefern. Es gelang mir nicht. Nach zwei Stunden hatte ich knapp anderthalb Seiten Fliesstext und doppelt soviele Durchstreichungen.

Die mündlichen Prüfungen fanden erst nach den Sommerferien statt. Ich lag in der Badewanne in Katharinas Rustico bei Cavigliano und weinte. Katharina hatte zwar Mitgefühl, aber ihre Schäfchen schon ins Trockene gebracht. Sie und Rebecca waren nach Locarno ans Filmfestival gefahren. Ich untersagte mir das Mitgehen, weil ich noch vier Schillerdramen zu lesen hatte. Ich sass auf der Veranda im Schatten der Bäume, von Sonnentalern gekitzelt und von Weinkrämpfen unterbrochen. Ich überflog die Seiten. Ich musste den verschenkten Aufsatz kompensieren. Durch Stirntränen hindurch verfolgte ich Maria Stuarts steten Abstieg bis zum Schafott und erkannte darin nur die ermüdende Wiederholung zu Schillers anderen Dramen.

Ich brachte es hinter mich. Ich weiss nicht, wie. Jahrelang träumte ich, dass ich nochmals zurück ans Gymnasium müsse, weil etwas gefehlt habe. Ich müsse eine Prüfung erneut ablegen oder gar ein Jahr wiederholen. Wegen einer bürokratischen Ungenauigkeit oder einer fehlenden Note müsse ich nochmals zwei Wochen in die Schule. Wenn ich von solchen Träumen aufwachte, erinnerte ich mich, dass ich es geschafft hatte. Ich verspürte eine unendliche Erleichterung. Niemand konnte mir das Diplom mehr wegnehmen. Das Zeugnis war miserabel ausgefallen. Nur einer hatte einen noch schlechteren Schnitt als ich. Schlussendlich hatten wir uns einen Spass daraus gemacht, so genau wie möglich die genügenden Noten zu treffen. Eine halbe Note weniger wäre nicht bestanden. Eine halbe Note mehr wäre die Wette verloren. Es hätte mich fast gelitzt, aber nach der Schlussabrechnung lagen doch zu viele Punkte auf dem Konto.

Siegreich wollte ich heimkehren und wieder an der Trittligasse wohnen. In der Zwischenzeit hatte Donatella mein Zimmer ausgeräumt und Paolo darin einquartiert. Donatella verlegte ihr Atelier in Paolos ehemalige Kammer. Von dort führte früher eine Tür in ein fünftes Zimmer. Mit einem separaten Eingang zum Treppenhaus wurde es von einer Heilpädagogin als Praxiszimmer genutzt. Von den vier Zimmern der Mietwohnung blieb keines für mich allein. Meine Sachen waren verstreut, teilweise im Estrich, teilweise in den puffigen Einbauschränken mit anderen Gegenständen. Meine wichtigen Lateinunterlagen mit meinen Zeichnungen und Tagträumen waren verschwunden und nicht mehr aufzufinden. Ich neigte zur Unordnung. Wurde diese von aussen noch verstärkt, verschluckte ein spontanes schwarzes Loch meine Dokumente.

Die Immobilienblase war geplatzt, die Finanzkrise setzte ein. Die Banken wurden mit Milliarden aus Steuergeldern gerettet. Ich schlief in der Stube auf dem Boden. Jeden Abend rollte ich einen Futon aus. Den hätte ich am Morgen wieder wegräumen sollen. Ich lag jedoch den ganzen Tag mit einer schweren depressiven Verstimmung im Wohnzimmer und starrte die Decke an. Um vier Uhr nachmittags scheuchte mich Donatella definitiv hoch, da bald René von der Arbeit oder Paolo von der Schule nach Hause kommen würden. Sie durften mein zur Schau gestelltes und klar ersichtliches emotionales Leiden nicht in der grellen Grässlichkeit sehen. Paolo besuchte ebenfalls das Realgymnasium Rämibühl. Da er bei mir abgeschaut hatte, wie man es nicht machte, ging er gleich von Beginn weg in die Eliteklasse. Ein Teil seines Unterrichts fand auf Englisch statt. Das International Baccalaureate berechtigte zu einem Studium im angelsächsischen Raum. Sein Leben verlief in gesicherten Bahnen mit einer steilen Trajektorie. Da ich schon genug Probleme verursachte, probierte Paolo möglichst keine zusätzlichen zu machen.

13

Auf der Diplomfeier lernte ich meine erste Freundin Delphine kennen. Alle waren im Anzug erschienen. Ich trug ein bedrucktes Trikot, auf dem das Michelin-Männchen jubelnd das Ziel erreichte. Ich studierte im Sessel gelangweilt die Gesellschaft, als Delphine mich zum Tanzen aufbot. Sie war ein Jahr jünger als ich. Delphine hatte braune leicht gelockte Haare und Augen wie ein Reh. Ihr sanftes Gesicht tröstete mich. Ich willigte ein, und schon kurz darauf küssten wir uns auf der Tanzfläche. Da ich bei meinen Eltern im Wohnzimmer wohnte, gingen wir zu ihr. Delphine hatte im Elternhaus ein eigenes Zimmer mit Blick auf den See. Im Regal standen Reclam-Ausgaben philosophischer Bücher, die ich noch nicht gelesen hatte. Blaise Pascal, Hannah Arendt, Platon. Ihr Bett war doppelt so gross, wie meines in der grössten Ausdehnung gewesen war. Fensterfronten von der Decke bis zum Boden liessen sich aufschieben. Das Gold der untergehenden Sonne fläzte in den Liegestühlen auf der Veranda.

In der ersten Nacht schliefen wir nicht miteinander. Sie glaubte, ich verlöre sonst das Interesse an ihr. Delphine sagte: »Du bist ein Casanova, das wissen an der Schule alle.« Ich fand das lustig, weil ich von mir genau wusste, dass ich unerfahren war. Sie befriedigte mich mit der Hand und zielte das Ejakulat auf ihren Bauch. Auf ihren Wunsch hin massierte ich Delphines Rücken. Ich bildete mir aufgrund der Erfahrungen im Theaterkurs ein, gut massieren zu können. Sie war danach noch verspannter als vorher.

Delphine hatte einen süssen kleinen Mund, nach dem ich ganz wild war. Wenn wir zusammen unterwegs waren, überkam es mich hin und wieder derart, dass ich sie stürmisch küsste. Einmal presste ich so stark, dass sie den Hinterkopf an der Wand anschlug, gegen die sie lehnte. Wir trafen uns, wenn sie Mittagspause hatte in den Cafés der Umgebung. Delphine war sehr belesen und kannte sich aus in Philosophie. Wir diskutierten viel. Ich erkundigte mich bei Delphine nach dem Lauf der Dinge am Rämibühl. Sie erzählte mir, der Deutschlehrer Herr Fahlmer sei depressiv. Sei es schon die ganze Zeit gewesen, als er mich unterrichtete. Dass er ihr anvertraut hatte, nur mit Medikamenten in der Schule erscheinen zu können.

Delphine und ich schliefen miteinander auf dem Futon im Wohnzimmer an der Trittligasse. Einmal platzte mitten in der Nacht René rein, nackt, vom Lärm geweckt. Alle erschraken. Delphine zog das Laken über die Brüste. René murmelte eine Entschuldigung und schloss die Tür. Manchmal übernachteten wir an der Florhofgasse, wo mein Zimmer mehr und mehr einer Abstellkammer glich. Ich brachte die Kraft nicht auf, gegen die Entropie von Henrys Gegenständen anzukommen. Bald würden Vanille und Stella ihre eigenen Zimmer brauchen. Das bedeutete, dass ich meines sowieso räumen musste.

An einem jener sinnlosen und erratischen Tage lernte ich in einem Café an der Limmat Lila kennen. Lila war sexbesessen. Sie erzählte mir, wie ihre Eltern es vor ihren Augen getrieben hatten, als sie ein Kind war, und das gut fanden. Der Mensch sei halt ein sexuelles Wesen. Ich empfahl ihr, Anaïs Nin zu lesen. Sie schrieb mir, das sei gar kein guter Tipp gewesen. Sie hätte beim Lesen onanieren müssen, und es wäre der beste Orgasmus ihres Lebens gewesen. Ich verstand nicht, wo das Problem lag. Mit Lila schlief ich in Paolos Bett, wo früher meines gestanden hatte. Lila stöhnte tief und urig, zerkratzte dabei meinen Rücken. Die Zierfische schwammen immer noch unbesorgt und quicklebendig im Glasbehälter am Fussende des Bettes.

Als Lila mich einige Tage später zu sich einlud, ging ich widerwillig hin. Ich erklärte ihr, wir könnten uns nicht mehr sehen, weil ich mit Delphine zusammen sei. Das interessierte Lila nicht. Sie wollte trotzdem mit mir schlafen. Sie schilderte mir haargenau die Sexpositionen, die wir das nächste Mal ausprobieren würden. Danach rauchten wir Zigaretten aus ihrem Fenster mit Blick auf die Limmat. Ich beschloss, nicht mehr auf Lilas Nachrichten zu antworten. Vielleicht würde sie es dann verstehen und aufgeben. Nach einer Woche einseitiger Funkstille erschien sie wütend in Begleitung eines Kollegen in der Trittligasse. Sie verlangte eine gebrannte CD zurück, die sie mir geschenkt hatte. Durchaus verängstigt, befestigte ich die CD an einer Schnur und seilte sie in die Gasse hinab.

Aus schlechtem Gewissen antwortete ich auch Delphine nicht mehr. Ich erzählte ihr nie von meinem Betrug. Ich fühlte mich schlecht und lag weiterhin im Wohnzimmer, starrte die Decke an. René machte sich Sorgen um meine

Zukunft. Wenn ich sagte, ich wolle Schriftsteller werden, meinte er, dass man davon nicht leben könne. Ich hatte mir einen Studiengang für literarisches Schreiben ausgesucht, aber die Eingabefrist im Frühling verpasst. Ich bewarb mich an einer ähnlichen Schule in Deutschland. Mein Motivationsschreiben war nur eine halbe Seite lang. Mein Bedürfnis nach Legitimation war zu dringend, um es in nüchterne Worte für eine Bewerbung zu fassen. Ich lechzte nach Anerkennung. Ich musste mich aus dem Wohnzimmer und dem geistigen Käfig, in dem ich mich befand, selbst hinausschreiben.

Donatella duldete es nicht länger. Zunächst legte sie einen Katalog für Sprachaufenthalte auf den Esstisch. Als ich nicht anbiss, machte sie mich wie nebenbei darauf aufmerksam. »Schau doch mal rein«, sagte sie. Bis sie mir zuletzt deutlich zu verstehen gab, ich solle mein Reiseziel auswählen. Ich entschied mich für einen dreimonatigen Kurs in Buenos Aires. Die Hälfte davon musste ich aus meinem Ersparten bezahlen. Kurz und knapp unterrichtete ich Delphine im *Café Oden* von meiner unmittelbar bevorstehenden Reise. Sie war in Krücken zum ernsten Gespräch erschienen. Im Sportunterricht hatte sie sich das Bein gebrochen. Sie war perplex. Von sämtlichen meinen Partnerinnen musste Delphine am meisten unter meiner lebensweltlichen Unfähigkeit leiden. Das Schlimmste sollte erst noch kommen.

Am Teufelspunkt

I

Die Einfahrt nach Buenos Aires fotografierte ich mit der Digitalkamera. Henry hatte mir eines seiner alten Modelle mitgegeben. Die hohen Bauten starrten in der Hitze, der Himmel war wolkenlos brutales Blau. Der Taxichauffeur fuhr über die Autobahn, die sich als Brücke in die Stadt schlängelte. Das Wichtigste an Buenos Aires sind die Taxis. Keine Stadt der Welt hat so viele Taxis wie die autonome Stadt Buenos Aires. Jedes zweite Auto auf der Strasse ist einer jener gelben Wagen, die mich nach Bedarf herumkutschierten. Ich liebte das Taxifahren mehr als alles andere an dieser Stadt. In Zürich war ich so gut wie nie Taxi gefahren, weil es unbezahlbar war. In Buenos Aires fuhr ich Taxi, bis ich kein Geld mehr hatte.

Ich war bei einer Witwe untergebracht. Die alte Frau lebte nach dem Tod ihres Mannes und der Heirat ihrer Tochter allein in einer Dreizimmerwohnung im Stadtteil Belgrano. Der Boden der Wohnung war mit weissem Marmor gekachelt. Die Möbel waren in die Jahre gekommen, aber stilvoll. Der Badezimmerschrank war voll mit

Medikamenten. Manchmal blieb die Witwe den ganzen Tag in ihrem Zimmer. Kam sie raus, wirkte sie verwirrt, aber freute sich jedes Mal, mich zu sehen. Ich hörte sie in der Küche lange Selbstgespräche führen. Die Verständigung mit der Witwe war schwer, schliesslich sprach ich kein Spanisch und sie nichts anderes. Im Gymnasium hatte ich Latein gelernt, das liess mich das Gesagte erahnen. Ich antwortete mit stammelnden Proben. Wir tasteten uns an die gesuchten Worte heran. Klappte es nicht, blieb das Verborgene mir im Hals stecken.

In den Tagen bevor die Schule begann, tigerte ich in der Wohnung herum. Ich unternahm einige Expeditionen in die Umgebung. Hier war ein Supermarkt, dort eine Apotheke, an der Ecke ein Schuhgeschäft mit US-amerikanischen Marken. Ins Notizheft zeichnete ich eine Bildgeschichte mit verhinderten Vögeln, die aus dem Nest gefallen waren. Die Seiten riss ich heraus und warf sie draussen fort, damit die Witwe es nicht zufällig zu Gesicht bekäme. Ich interviewte mich, gab in Leitartikeln Auskunft, wie ich zum Schreiben gekommen und als Wunderkind aufgewachsen war. Die Klimaanlage versprühte ihre Schimmelsporen, und nach der ersten Aufregung starrte ich erneut stundenlang die Decke an.

Nach einer Woche, in der ich bereits über meine Rückreise nachdachte, setzte der Sprachkurs ein. Anfangs nahm ich oft den Bus. Ich sass mit grauhaarigen Argentiniern, müden Argentinierinnen und erschöpften Avas im stickigen Stau. Stets hatte jemand eine Thermosflasche und einen Mate-Becher dabei. Ruhig füllten sie mitten in der Hektik der Avenidas das Teewasser nach. Mit der

Kamera hielt ich das Feststecken in den breiten Strassen fest. Die Busse fuhren nie nach Fahrplan. Einmal war der Fahrer derart verspätet, dass er unsere Station übersprang. Wir Wartenden winkten ihm zu und zu uns heran, damit er anhalte. Er schaute demonstrativ zur Seite und fuhr weiter, an uns vorbei. Die alten Frauen mit Einkaufstaschen fluchten und zogen sich zurück in den Schatten der riesigen Bäume.

Die Schule begann um zwei Uhr nachmittags. Trotzdem kam ich fast jedes Mal zu spät. Der jungen Lehrerin Sofia machte das nichts aus. Sie begrüsste mich freundlich und forderte mich zum Erzählen auf. Während der knapp drei Stunden Unterricht fiel es mir wie gewohnt schwer, mich zu konzentrieren. Ich kritzelte an den Rand der Übungsblätter. Anschliessend las ich an den öffentlichen Rechnern Neuigkeiten aus der Heimat, schrieb elektronische Nachrichten an Freunde und Familie.

Diese Ahnung friedlicher Tage mönchischer Gelehrsamkeit wurde aufgewirbelt, als eine neue Klassenkameradin eintraf. Es dauerte nur eine halbe Stunde, da war ich schon in Natasha verliebt. Ins Schulheft schrieb ich ein Gedicht über eine Blume, die Natasha sich nicht unprätentiös in die Haare gesteckt hatte.

ein wind fährt leicht durch die allee
und ich sehe die blume in deinem haar
ich bin gebannt
und kann für den rest der stunde
nirgends anders mehr hinblicken als in diese allee
mit dir und deiner blume

wir stehen auf dem balkon du sprichst
ich höre dir zu
und du fragst mich etwas ich sage ja
aber erst
gib mir eine zigarette

Natasha war in London aufgewachsen und stammte aus gutem englischem Hause. Englisch sprach ich akzeptabel, auch wenn sich Natasha über meine altertümliche Ausdrucksweise lustig machte. Sie sagte: »I don't know anyone who says ›nevertheless‹. But I like the word!« Sie musste herzhaft lachen. Natasha erzählte mir von den Pferdeberuhigungsmitteln, die sie in London als Droge nahm. Es mache einen völlig entspannt. Als ich bei ihr übernachtete, war es allerdings verkrampft. Wir lagen wach im Bett. Natasha presste ihr Knie an mein Bein. Vor Anspannung war ich gelähmt, wie früher im Gymnasium, wenn ich Aida nicht einmal anzusprechen vermochte. Endlich fasste ich den Entschluss, Natashas Hand zu suchen. Genau in diesem Augenblick verlor sie die Geduld und zog sich zurück. Sie drehte sich von mir weg. Ich wagte es nicht, sie zu berühren oder mich zu bewegen. Ich schlief nur wenige Stunden, unterbrochen von geträumten Sorgen, ob ich eine Annäherung riskieren sollte.

Auf dem Weg zur Schule trafen wir auf eine der täglichen Demonstrationen. Ich machte ein Foto von Natasha mit den Transparenten im Hintergrund. Sie hatte die Zigarette lässig in der Hand und lächelte mich gütig an. Der Haaransatz ihres blonden Haares verlief in den Ecken spitz zu, als wären es kleine Hörner. »Can you delete this picture, please«, sagte sie bloss, obwohl sie darauf klasse aussah. Natasha wohnte in einer WG mit anderen Lernenden der Ecela. Ich konnte es noch so sehr wollen und probieren, Natasha verliebt in mich zu machen. Nach der ereignislosen Nacht in ihrem Bett gelang es mir nicht. Sie begann eine Affäre mit einem wohlhabenden jungen Argentinier aus der Vorstadt. Julio brachte jede Menge lupenreinen Kokains an die Partys in der WG.

An den Morgen danach wachte ich mit gespaltenem Schädel auf. Als hätte jemand eine Axt zwischen meine Hirnhälften gerammt. Ich betrachtete mich im Badezimmerspiegel der alten Witwe. Mein schütteres aschblondes Haar mit der Axt, die mitten aus dem Kopf ragte. Ich kam mir selber fremd vor. Wer war dieser Kerl mit mandelförmigen Augen und dem Schatten eines Milchbartes oberhalb dünner Lippen? Diese geschwollene Kartoffelknolle war seine Nase? Hatte er nicht eine blendende Zukunft vor sich gehabt? War sein Herz nicht immer rein gewesen und sein Lächeln so weiss wie Unschuld? Jetzt reckt er das Kinn hervor, als hätte ich ihn provoziert. Zu was für angeberischen, heuchlerischen Posen er sich krümmt. Was für ein aufgeblasenes Arschloch. Ich schlug meinem Spiegelbild ins Gesicht. Dann passierte etwas Aussergewöhnliches.

Es zersprang in zig Millionen schwarzer Einzelteile, die um mich herumschwirrten wie Aschestaub. Ich sah genauer hin, lauschte und merkte, dass die Biester mich verhöhnten. Kichernd und grölend neckten mich die Höllengeister: »Oh Mannomann, ojemine, oh weh oh weh, was tut er da, was tut er da! Jetzt ist er komplett durchgedreht!« Ich grinste. Ich war wenigstens nicht mehr allein. Die Funken steigerten das Tempo. Ein feuriger Sturm entzündete, der empfindlich an der Axt riss, die mir immer noch im Kopf steckte. Gelassen trat mein Spiegelbild erneut in der Scheibe auf. Ich hatte einen feinen Anzug an und schnitt Grimassen. Den Mund nach unten gezogen, rieb ich die Hände in den Augenwinkeln, als würden imaginäre Tränen getrocknet. Mein eigenes Spiegelbild machte sich lustig über mich. Es lachte mich aus, mit schrill aufgerissenem Mund und beissenden Pupillen. Ich trat einen Schritt zurück. Spitze Eckzähne schnappten nach mir. Fast hätten sie die Gurgel gepackt, wäre der Doppelgänger nicht plötzlich aufgestochen gewesen.

In einer von Glut und Lava schmorenden Szenerie steckte mein gläsernes Spiegelbild oben auf einer Glasmacherpfeife. Es zerschmolz quälend langsam, das Licht in alle Richtungen gestreut. Dampf entwich aus den leeren Augenhöhlen. Es gab einen ächzenden Ton von sich. Unweit davon lag auf einem grüngelb schimmernden Altar ein aufgeschlagenes Buch. Zwischen den Seiten lugte ein Kinderfoto hervor, auf dem ich abgebildet war, fröhlich. Als ich darin blättern wollte, ging das Buch in Flammen auf. Das Foto stieg vom Auftrieb in die Höhe.

Einige Schritte entfernt war die Haut einer Kohleleiche so sehr versengt, dass ich sie nicht mehr erkannte. Ich spürte, es war einmal ein Freund gewesen, der mich verraten, hintergangen und schlecht über mich geredet hatte. Er hielt die Hand einer ähnlich zugerichteten Gestalt. Sie beide hatten zusammengespannt in der Gesinnung, mich zu vernichten. Mein Vertrauen missbraucht und in der entscheidenden Stunde, als ich die Hilfe meines Freundes benötigte, sich gegen mich verbündet. Ihr Anblick traf mich tief. Da schau, was aus ihnen geworden ist. Ich freute mich. Der eine begann sich zu regen. Er öffnete den verbrannten Rachen, um etwas zu sagen. Ich ging schnell weiter. Ein Kummer trieb mich an, der eisig nach meiner Seele langte.

Und doch füllte auch in dieser Beklemmung eine warme Präsenz meine Brust, pulsierte alles überstrahlend. Ich kniete nieder, von Dankbarkeit überwältigt. Ich stützte mich auf ein weisslich glühendes Schwert, das ich auf einmal in der Hand hatte. Eine Zuversicht schlich sich ein, wie ein Silberfaden, der die Wunde schnürt. Jetzt erst bemerkte ich ein blasses Geschwür, das mir am Nabel hing und sich an meinem Darm labte. Mit dem Schwert versuchte ich, säuberlich den Auswuchs abzuschneiden. Blut spritzte auf den Boden. Der eruptive Schwall scheuchte den kreisenden Schwarm kleiner Geister auf, der mir gefolgt war. Sie flogen mir direkt ins Gesicht, dass ich die Augen zukniff.

Als ich sie wieder öffnete, stand ich im Badezimmer der alten Witwe. Ich gaffte in meine baffe Fratze. Hastig fing ich die Dämonen ein, die leise kreischend flüchten wollten. Ich drückte sie allesamt in die WC-Schüssel. Mit einer Hand hielt ich sie unten, während ich mit der anderen die Spülung betätigte. Zwei winzige Pixel entkamen jedoch dem schlürfenden Sog und spukten weiterhin um meinen Kopf. Es waren die Gespenster von Dr. Schueler und Frau Falk. Ich setzte mich in meinem Zimmer aufs Bett, von den Ereignissen geschockt.

Die Witwe ging nach mir ins Bad, wo sie im Tablettenschrank wühlte. Sie klopfte an meiner Tür. Sie habe eine Bitte, ob ich ihr mit dem Rezept ein Medikament holen würde. Durch den Türspalt streckte sie mir einen Zettel entgegen. Mit pochendem Kopf schritt ich durch die Mittagshitze zur Apotheke. Ich beschloss, mit dem Kokain aufzuhören. Ich ahnte, dass ich sonst in einem Loch versänke, aus dem ich aus eigener Kraft nicht mehr rauskäme. Die Apothekerin blickte mich schräg an, gab mir aber die Packung ohne Kommentar. In Gedanken setzte ich eine Nachricht an Frau Falk und Dr. Schueler auf, in der ich mich umfassend erklärte. Ich eilte zurück, um die Sätze nicht zu vergessen.

Nachdem ich der Witwe ihre Medikamente überreicht hatte, formulierte ich den digitalen Brief aus. Wieder und wieder las ich meine Argumentation. Ich erzählte von meiner andauernden Müdigkeit, die mich schon nach geringer Anstrengung befiel. Bei den ausschweifenden und frivolen Premierenfeiern des Theaterkurses hatte ich mir das Pfeiffersche Drüsenfieber zugezogen. Bluttests beim Hausarzt hatten die häufige Reaktivierung bestätigt. Frau Falk antwortete bloss: »Es nimmt mich wunder, was aus Ihnen werden wird.«

Das machte mich rasend. Ich musste unbedingt etwas Grossartiges vollbringen. Wenn ich an meine Höllenvision dachte, schauderte mir, und ich mahnte mich, keine Drogen mehr zu nehmen. Meine Bitte an die Sprachschule, mich ebenfalls in der WG einzuquartieren, lief diesem Vorsatz diametral entgegen. Die Wohnung befand sich an der Ecke Billinghurst und Tucuman in einem weiss gestrichenen neoklassizistischen Kolonialhaus. Im geteilten Wohnzimmer gab es einen gerundeten Erker mit Rollläden aus Holz. Dort stand der Esstisch. In meinem neuen Zimmer hatte ich einen kleinen Balkon. Hier rauchten wir Zigaretten, bis der Rauch uns aus den Ohren qualmte.

Auf dem Nachttisch präparierte Natasha das Kokain. Es kostete mich eine unmenschliche Kraft, aber ich schaffte es zu widerstehen. Nur einmal gab ich nach. An einer Party im angesagtesten Untergrundclub holte mich Natasha in den Klostall, wo ich die Linie vom Spülkasten zog. Zurück auf der Tanzfläche, entfaltete sich in mir ein unendliches Selbstvertrauen. Die Schallwellen der Musik verbanden sich mit mir, ich wurde eins mit dem Takt, den verschwitzten Menschen im dunklen Raum, dem Blitzlicht, dem Moment. Nicht der Rhythmus kommandierte meinen Körper, sondern beide verschmolzen ineinander. Meine entgrenzten Bewegungen bestimmten die Stimmung im Raum, meine überbordende Freude setzte den Ton. Ich war der Zeremonienmeister. An vorderster Stelle, zentral in der Menge, spornten meine zuckenden Finger das Delirium an. Zusammen mit dem Plattenleger war ich verantwortlich. So einen Abend hatte das Publikum wohl noch selten erlebt. Alle schauten mich an. Wie einsam ich war, mittendrin.

In unserer Strasse gab es einen Laden namens *Pura Vida*, der frische Säfte presste und mixte. Das hatte ich nach den nächtlichen Abstechern in die Demimonde bitter nötig. Mit dem antioxydativen Saft in der Hand durchstreifte ich die Strassen. Überall gab es kleine

Zeitungsstände, an denen elegant gekleidete Herren mit Spazierstock standen und sich über das Tagesgeschehen unterhielten. Im Schatten riesiger Ahornbäume debattierten sie die jüngsten Missgeschicke der Politik. Argentinien, einst eines der reichsten Länder der Welt, stand erneut vor dem Ruin. Die Inflation lag Jahr zu Jahr konstant im zweistelligen Bereich und löste die Ersparnisse der Bevölkerung in Luft auf. In den Milongas wurde Tango getanzt, weitergestrauchelt. Dort trank ich Fernet Branca mit Cola und schaute den Paaren zu, die in melancholischer Selbstvergessenheit über die Tanzflächen schaukelten, mit fahlem blauem Licht auf den Gesichtern. Sie wirkten wie Geister im Ballsaal eines längst gekenterten Kahns.

Mit der Schule besuchte ich ein Theaterstück, das komplett im Dunkeln stattfand. Die teilweise erblindeten Schauspieler und Schauspielerinnen waren nicht zu sehen. Die Bilder fanden in den Köpfen des Publikums statt. Umso eindringlicher und lebhafter waren der Gesang und die begleitende Musik. Wie Fahnen flatterten die Szenen in meiner Vorstellung, auch wenn sich mir praktisch nichts von der Handlung erschloss. In der Finsternis reflektierte ich mein Auftreten. Dass ich mich in der Diskothek als Zentrum des Geschehens gewähnt hatte, war mir nun peinlich. Wahrscheinlich hatten sie mich alle angeschaut, weil ich wie ein Irrer gezappelt hatte. Noch wahrscheinlicher war, dass sie mich im schummrigen Licht gar nicht beachtet hatten, wie mir dämmerte, sondern in ihrem eigenen Film die Hauptrolle übten.

Der Theaterbesuch weckte in mir den Wunsch, Tango zu spielen. Bei einem Restaurator antiker Instrumente erkundigte ich mich nach einer argentinischen Gitarre. Er setzte mir die traditionsreiche Geschichte auseinander und lobte meine Wahl. Ich kam am nächsten Tag wieder. Für mehrere Hundert Franken kaufte ich ein Instrument aus einer angeblich hochwertigen Werkstatt. Kaum war ich draussen, verliess der Verkäufer sein bis oben vollgestelltes Lokal ebenfalls. Er zählte demonstrativ die Scheine und zeigte sie stolz seinem Kollegen nebenan. Mich beschlich das Gefühl, dass ich über den Tisch gezogen worden war.

Bald kam ein Spalt zum Vorschein, den der Restaurator geschickt überdeckt hatte. An der Oberseite klaffte das Holz vom Boden bis zum Steg auseinander. Obwohl ich mich ärgerte, nicht genauer geschaut und den Preis nicht verhandelt zu haben, trübte es meine Freude wenig. Die Gitarre hatte einen schönen eigenartigen Klang aus einer anderen Zeit. Immerhin riss keine der stählernen Saiten. Ich buchte einige Stunden bei einem jungen Musikstudenten. Er lebte bei seinen Eltern in einem abgedunkelten Zimmer. Wir sassen vor seinem Rechner und dem mit Aschebechern übersäten Schreibtisch. Er zeigte mir schematische Darstellungen am Bildschirm. Ich lernte die Hauptakkorde und den Rhythmus des Tangos.

Mit der infernalen Katzenmusik strapazierte ich die Nerven meiner Mitbewohner in der WG. Dass ich dazu sang und die Töne überhaupt nicht traf, steigerte den Ärger. Als sich wieder einmal das Kokain auf dem Nachttisch zu Dünen wallte, nahm ich die Gitarre hervor und demonstrierte Natasha mein neu erworbenes Können. Die mitternächtliche Soloeinlage brachte das Fass zum Überlaufen. Der Mitbewohner einen Stock über mir schwärzte mich bei der Schulleitung an. Ich wurde ohne Weiteres ausquartiert. Ich musste in ein Hostel umziehen, obwohl ich meine Unterkunft bei der Schule schon bezahlt hatte. Die Diskussionen nützten nichts. Drogen waren offenbar in Ordnung, störende Musik aber nicht. Meiner Lehrerin Sofia tat ich leid, aber die Leitung hatte den Entscheid gefällt. Ich war so wütend, dass ich die Sprachschule zwei Wochen vor dem Ende ohne Fachausweis aufgab. Es wurde mir nur die Hälfte der verbleibenden Gebühr zurückerstattet. Ab jetzt war ich auf mich allein gestellt.

2

Ich landete in einem Hostel an der grössten Allee der Welt, der Avenida Nueve de Julio. Das Hostel erstreckte sich in einer bröckelnden Kolonialvilla über drei oder vier Stockwerke. Von der Galerie sah man in den Patio, wo eine Bar installiert war. Es gab ausserdem einen kleinen Kiosk mit Waren des täglichen Bedarfs, wie etwa Kondome mit Kirschgeschmack. Einige Tische standen verstreut auf den groben Terracottakacheln. Der Barmann servierte Steaks, als wären es Humpen. Ein Teil des Fleisches lampte über den Rand des viel zu kleinen Schneidbretts und blutete den Tisch voll. Dann kam er und fluchte über die Sauerei. Entweder ich ass ein übergrosses Steak im

Hostel, oder ich ging in ein Restaurant an der Avenida. Als ich einmal Spiegelei mit Speck bestellte, kannte der Kellner dieses Gericht nicht. Er brachte mir fünf Spiegeleier. Auf einem separaten Teller waren zentimeterdicke Scheiben Speck zu einem Haufen geschichtet.

Ziellos durchstreifte ich die Strassenblocks. Einige architektonisch interessante Bauten fielen mir auf, ohne dass ich viel davon wusste. Ich setzte mich in Netzcafés und recherchierte Bodenpreise in der argentinischen Schweiz. Vielleicht wäre der Klimawandel dort gut zu überstehen, dachte ich, hatte aber nicht vor, jemals dahin zu fahren. Ich teilte Fotos, die ich in Bussen und aus Taxis herausgeschossen hatte, und lud kurze Erfahrungsberichte dazu hoch. Die Reaktionen waren verhalten. Henry antwortete aufmunternd, er fände es grossartig. Er berichtete vom Leiden meiner Schwestern unter der Scheidung. Lila kontaktierte mich und wollte wissen, wie es mit den wilden Argentinierinnen so lief. Ich antwortete, dass ich mich unglücklich in eine Engländerin verliebt hätte. Das schien Lila zu gefallen.

Ich traf Natasha an einer Party, zu der sie mich eingeladen hatte. Stickige Luft, Zigarettenrauch und Gebrüll empfingen mich. Die Leute standen dicht beieinander und sprachen einen Klangteppich, der mich benommen machte. Natasha sass liegend auf einige Kissen gestützt neben Juan auf einem Bettsofa. Sie winkte mich zu sich, als sie mich sah. Juan lächelte mich an. »What's up?«, fragte Natasha und ob ich eine Zigarette hätte. Ich gab sie ihr und blieb stumm wie eine Statue am Bettrand stehen, betrachtete die beiden. »Juan plays the drums, and gituar too«, sagte Natasha und legte ihren Kopf schräg in den Nacken, während sie an der Zigarette zog. Sie fand meine unbeholfene Erregung amüsant. Juan nahm eine Gitarre, die neben dem Bett in einer Ecke stand, und spielte. Er sang dazu in gebrochener Stimme, gepresst. Als er fertig war, holte ich mir einen Fernet Cola und betrank mich dermassen, dass ich am nächsten Tag nichts mehr wusste, ausser dass ich Unmengen Zigaretten geraucht hatte.

Ich starrte den Bettrost über mir an. Der viel zu kalte Luftstrom der Klimaanlage blies mir auf den Alkoholschweiss. Die doppelstöckigen Betten wurden von einigen Nägeln und Schrauben zusammengehalten, die Matratzen waren gelblich und ausgelegen. Jede Nacht verrutschte das Laken, sodass ich morgens auf der nackten Matratze aufwachte. Eine Gruppe israelischer Reisender, die gerade das Militär hinter sich hatten, teilten mit mir den notdürftigen Massenschlag. Einmal kochten wir im Zimmer auf einem Gasbrenner ein Dosengericht und assen es in der Mitte zwischen den Betten. Sie zeigten mir einen traditionellen jüdischen Tanz und fanden meine ernst gemeinten Versuche enorm komisch. Sie waren heute schon aufgestanden, um etwas zu erleben, und überliessen mich meinem Suhlen.

Vor der Tür brausten die Autos. Eine Reklame für Burger King war direkt vor unserem Fenster platziert. Die Neonröhren erhellten das Zimmer ununterbrochen mit einem blauen Schimmer, auch durch die geschlossenen Holzläden hindurch. Nachdem ich den ganzen Tag das Zimmer nicht verlassen und mich in Fieberträumen hin und her gewälzt hatte, überkam mich in der folgenden Nacht urplötzlich eine kaum zu zähmende Lust auf einen amerikanischen Hamburger. Mein Magen knurrte hörbar. Ich zog mich an. Aus einer Vorahnung steckte ich mir die Bargeldnoten in die Socke. Keine fünf Gehminuten vom Hostel gab es einen Burger King, auf den die Reklame hinwies und der vierundzwanzig Stunden geöffnet war. Ich machte mich auf den Weg. Die nachklingende Hitze und die Dunkelheit trübten meinen Blick.

Hecken zogen sich mittig durch die Avenida und trennten die Fahrbahnen. Plötzlich lösten sich daraus zwei Schatten und huschten mir entgegen. Zehn Meter vor und hinter mir gingen andere Passanten, aber ich hatte gar keine Gelegenheit, nach Hilfe zu rufen. Das stumpfe Küchenmesser war auf die Nieren gerichtet, die Spitze drückte bereits durch den Stoff meiner Bekleidung. Ich hob die Hände. Die zwei Schatten, jetzt deutlich im Licht der Strassenlaterne, leerten meine Hosentaschen. Mein Portemonnaie fiel auf den Boden, dazu eine Packung Zigaretten. Sie nahmen die Geldbörse, in der sich kein Geld befand. So schnell sie aufgetaucht waren, waren sie wieder fort, als der eine zurückkam und auch noch die Packung Zigaretten nahm. Ich konnte nicht einmal zur Beruhigung eine rauchen. Ein dünner Faden Blut rann aus der nur millimetertiefen Einstichstelle.

Die freundlichen jungen Polizisten fuhren mich die Avenida hoch und runter. Wenn ich auf einen Busch deutete und aufgeregt sagte, »Hier vielleicht«, schauten sie sich zuerst über meinen Kopf hinweg an, dann auf mich hinunter, gutmütig und nachsichtig. Nach dem vierten

Mal hatten sie jedoch keine Geduld mehr. Sie schlugen vor, Anzeige gegen unbekannt zu erstatten. Zwei Wochen später erhielt ich über das Netz eine Nachricht von jemandem, der einige Karten mit meinem Namen drauf gefunden hatte. Sehr hilfsbereit bot er an, dass ich sie bei ihm abholen könne. Ich antwortete dankbar, ging aber nie vorbei. Die Bankkarte hatte ich per Telefon in die Schweiz sperren lassen.

Die neu ausgestellte Debitkarte schickte mir Donatella per Post. Als sie nach zwei Wochen noch nicht eingetroffen war, bettelte ich Donatella um einen Bargeldtransfer an. Sie gab nach und liess umgerechnet achthundert Franken bei einem Transferhändler hinterlegen. Ich holte das Geld. Ich wusste nicht, wohin damit, darum versteckte ich das Geld im Notizbuch und legte dieses unter die Matratze. Ich bedankte mich bei Donatella. Ob ich ein Zimmer an der Trittligasse haben würde, kehrte ich doch bald zurück. Sie antwortete, die Wohnsituation habe sich nicht geändert und ich müsse mir Gedanken über meine Zukunft machen. Ich wollte alles andere als mir Gedanken über meine Zukunft machen. Ich war jung und die Zukunft lang.

Jeweils am Dienstag fand ein Trommelkonzert in einer alten Fabrikhalle statt. Die Truppe hiess Bomba de Tiempo, was zweierlei bedeutete. Einerseits wörtlich die Zeitbombe, anderseits die ungeheure Sprengkraft der Sprechtrommeln, mit denen sie die Zeit in die Luft jagten. Ich stand am Rand eines Schlundes, der unter mir gähnte, und gerne sprang ich hinein, um zu schauen, ob ein Wind mich trug. Im Trommelwirbel setzte ein bodenloser

Rausch ein. Die mal murmelnden, mal schwallenden Stücke hypnotisierten mich. Die Schläge Tausender Hände auf blankem Fell verschoben meine Wahrnehmung. Der leitende Dirigent trieb die Truppe immer stärker an, bis das Publikum förmlich explodierte. Wenn es so weit war, strömten wir, angeführt von den Perkussionisten, auf die Strasse. Die Trommeln umgebunden, spielten sie weiter, lauter, schneller, als wollten sie einen Poltergeist exorzieren. Der Zug führte durch San Telmo, die Altstadt von Buenos Aires, die nach ihrer frühen Blütezeit heruntergekommen und entvölkert war.

Diese Abende, Leuchtfeuer in der Tristesse, waren mein einziger Ankerpunkt. Seit vier Monaten war ich in Buenos Aires und hatte die Stadt kein einziges Mal verlassen. Ich kapselte mich mehr und mehr ab. Ich lag im Bett, und wenn nichts passierte, brachte ich es nicht zum Geschehen. An den meisten Tagen kam ich kaum über die Parallelstrasse hinaus. Der Lärm, die vielen Gesichter, die eingedrückten Impressionen erschöpften mich. Endlich, nachdem ich schon nicht mehr damit gerechnet hatte, kam die neue Bankkarte. Donatella gab mir telefonisch die PIN durch. Derart aufgeheitert, zwang ich mich, ein Reisebüro aufzusuchen. Die vier Blocks fuhr ich mit dem Taxi. Ich liess mich zu einem Flug nach Mexiko überreden. Als ich aus dem Notizbuch die Geldscheine von Donatellas Transfer nehmen wollte, waren sie verschwunden. Ich hob das Buch und schüttelte es. Es fiel nichts heraus. Ich bezahlte mit der Karte. Meine eigenen Ersparnisse waren praktisch aufgebraucht. Ich hatte es für Taxis, Steaks, eine kaputte Gitarre, schäbige

Absteigen und hoffnungsvolle Befreiungsschläge wie diesen ausgegeben. Auf das gestohlene Geld angesprochen, zuckte das Personal im Hostel nur mit den Schultern und wusste von nichts.

Ich verbrachte zwei Wochen am Strand von Yucatán und betrank mich an lüsternen Schaumpartys. Hier suchten alle nach Liebe und fanden nur lieblosen Sex. Ich fand allerdings nicht einmal das. Die Gesichter verwischten im Licht der bunten Scheinwerfer. Ich probierte zu tanzen, aber ich war ungelenk und kalt. Mich überkam eine lähmende Langeweile. Ich besuchte die Maya-Ruinen von Chichén Itzá, was den Wunsch anregte, Archäologie zu studieren. Die Treppen des zentralen Tempels sind so gebaut, dass zu gewissen Stunden die Sonne im Spiel von Licht und Schatten eine sich windende Schlange evoziert. Vom heiligsten Opferaltar ganz oben stürzt die steinerne Illusion nach unten bis zum Fuss der Stufen, die im gewaltigen Schädel der Gottheit enden.

Ein Reiseführer, ausgestattet mit weissen Lederschuhen, weissen Leinenhosen, einem weissen Hemd und weissem Flachshut, wirbelte seinen Spazierstock zur Illustration des Spektakels. Sein Auftritt war die eigentliche Hauptattraktion der Stätte. Er erzählte blutrünstig von ritualisierten Menschenopfern und erweckte den Anschein, als fände er das insgesamt eine gute Sache. Die Gruppe fuhr in einem Bus zurück und machte halt in einem kleinen Dorf. Die Spitze des Kirchturms brannte bronzen im Abendrot. Eine ältere Frau sass auf den Treppenstufen und bot Wasserflaschen feil. Die Kakteen der mexikanischen Wüste reckten sich durstig in den Himmel.

In Buenos Aires wechselte ich das Hostel. Ich migrierte mit meinem verbliebenen Hab und Gut einige Strassen weiter, immer noch in unmittelbarer Nähe der Avenida Nueve de Julio. Auf dem Weg sah ich eine obdachlose Familie, die sich an einem öffentlichen Springbrunnen wusch. Die Mutter seifte den Kopf des Kindes ein, der Vater machte es selbst. Mit hohlen Händen schöpften und spülten sie Wasser über ihre nackten Körper. Überall lagen die Matratzen und Kartonbetten der *Cartoneros*, die in den Strassen lebten. Sie durchsuchten den Müll nach wiederverwertbaren und verkaufbaren Materialien. Das Gefundene ballten sie zu riesigen Paketen und zogen es auf Karren durch die Avenidas bis zu den Annahmestellen der Wertstoffhändler. Die Cartoneros bildeten die eigentliche Müllabfuhr der Stadt. Die staatlichen Einrichtungen waren derart marode, dass sie es ohne die Obdachlosen nicht schafften.

Der Name meines neuen Hostels versprach, das Portal zum Süden zu sein. Meine Reise neigte sich zwar dem Ende zu, ich hatte wenigstens das Höllentor gefunden. Ich verabredete mich ein letztes Mal mit Natasha. Sie wohnte unweit von mir in einem Apartment, das sie nach dem erfolgreichen Abschluss des Sprachkurses mit einer Freundin bezogen hatte. Wir tranken zusammen Fernet Colas in einer von Natasha ausgesuchten Bar. Natasha hatte eine gute Zeit gehabt. Sie erzählte von hochklassigen Strandurlauben und einem Ausflug nach Iguazú, den grössten Wasserfällen der Welt. Ich hingegen hatte nicht einmal richtig Spanisch gelernt. Wir fuhren mit dem Taxi zu ihr. Natasha fragte, ob ich nach oben kommen wolle.

Ich lehnte ab. Ich hätte mich geweigert, aus ihrer bestimmt stilsicher und liebevoll eingerichteten Wohnung wieder zu gehen. Noch im Taxi, das mich zu meinem neuen Hostel brachte, bereute ich meine Einfältigkeit und den Geiz meines Herzens.

Zum Abschluss unternahm ich eine Exkursion an der Küste Uruguays entlang. Ich fuhr über den Rió de la Plata nach Colonia del Sacramento, der ältesten Stadt Uruguays. Von einem kopfsteingepflasterten Platz blickte ich bei Sonnenuntergang auf den Atlantik. Wie gross die Ozeane waren. Ich reiste nach Montevideo. Als Andenken kaufte ich in einem Touristenladen einen merkwürdigen Hut. Weiter in ländliche Gebiete. Die Ährenfelder streichelten gelb den Wind, die Gischt zerstäubte weiss das Meer. Das Licht, von kristalliner Klarheit und vertrauter Wärme, schob den Bus voran. Ich stieg an zufälligen Ortschaften aus und blieb ein oder zwei Nächte, bevor ich weiter in Richtung Norden zog.

Nach anderthalb Wochen erreichte ich Punta del Diablo. Eine tote Seekuh lag am Strand des kleinen Fischerdorfes und stank vor sich hin. In den Sanddünen sass eine Gruppe dreier junger Frauen. Eine wollte mir energisch die Adresse geben, wo am Abend eine Party stattfinden würde. Ich verstand den spanischen Strassennamen nicht richtig. Zweimal musste sie es wiederholen. Es war mir peinlich, ein drittes Mal nachzufragen. Ich lächelte und nickte. Es wäre müssig gewesen hinzugehen. Ein Scheitern an sowohl meinen wie auch ihren Erwartungen hätte ich unmöglich verkraftet. Ich war fertig. Klappte den Sonnenschirm zu. Meldete mich ab. Ich sprang in die kräftige See wider die schlagenden Wellen und liess das Salz in den Haaren verkrusten. Ob ich doch auf den richtigen Mann wartete, fragte ich mich.

Im Hostel des Teufels lernte ich einen Amerikaner mit einer dicken Uhr am Handgelenk kennen. Ich erzählte ihm, dass ich Schatzsucher werden und eines Tages einen enormen Schatz finden würde. Damals schlummerte die Galeone *San José* noch unentdeckt auf dem Meeresgrund. Das Schiff war vor der kolumbianischen Küste mit einem Haufen Gold und Edelsteinen an Bord gesunken. Ich recherchierte weitere potenzielle Quellen meines zukünftigen Reichtums. Ich erinnerte mich an etwas, über das mich jüngst mein Rämibühler Schulkamerad Gian unterrichtet hatte. Eine Art digitales Gold. Um es zu schürfen, waren vertiefte Informatikkenntnisse und ein eigener Rechner nötig. Beides hatte ich gerade nicht. Für den Transfer der digitalen Münze waren keine Händler nötig, keine Firmen, die saftige Gebühren einstrichen, keine Umrechnungen und kein Währungsdurcheinander. Es gab nur eine Währung, die ständig operierte, immer geöffnet und deren Versenden praktisch umsonst war. Zusätzlich war die Anzahl Münzen im Vornherein durch das Protokoll festgelegt, sodass keine Inflation nach und nach den Wert erodierte.

Wieder in der autonomen Stadt Buenos Aires, kündigte ich Donatella meine Heimkehr in die Schweiz pünktlich auf meinen Geburtstag an. Meine Rückreise verzögerte sich jedoch um einige Tage. Am Vorabend der geplanten Abreise stahl jemand meinen Pass aus der Seitentasche des gepackten Rucksacks. Es war ein nationaler Feiertag, um den Gefallenen des Falklandkriegs zu gedenken, und alles war geschlossen. Ich ging mit einem kraushaarigen Diplomaten der Schweizer Botschaft auf Notfalldienst durch die sonst so belebten Strassen der Stadt auf der Suche nach einem Stempelkissen. Die waren ausgegangen, aber nötig für das provisorische Reisedokument. Ich telefonierte vom Büro der Botschaft aus mit der Fluggesellschaft, um den Flug zu verschieben. Unsere kritische Mission war kläglich gescheitert.

Mit dieser unerwarteten zusätzlichen Zeit wusste ich erst recht nicht, was anfangen. Ich war an der Stadt abgeglitten wie Wasser vom Wachs. Auf die Strasse ging ich kaum noch, obwohl ich in viele Barrios keinen Fuss gesetzt hatte. Meinen zwanzigsten Geburtstag feierte ich mit Zufallsbekanntschaften auf der Dachterrasse des Hostels. Dort sass ich auch sonst, starrte gequält auf die blechernen Dächer und studierte an meiner Situation herum. In einer Nachricht erklärte ich Donatella eindringlich, dass ich in Zürich zunächst eine Unterkunft brauchen würde. An der Florhofgasse hatten die Schwestern expandiert. Stella belegte jetzt mein ehemaliges Zimmer.

Niedergeschlagen stand ich an der Brüstung der Terrasse. René, Donatella und Henry machte ich Vorwürfe, dass sie mir nicht vertraut, dass sie nicht an mich geglaubt hatten. Statt mit liebevollem Verständnis und Unterstützung hatten sie mit Drohungen und Wut reagiert. Ich hatte doch versprochen, ich würde den Abschluss machen. Ich sah ein, dass ich ein mühsamer Schüler gewesen war. Am Ende hatte es aber nicht wegen der Korrekturmassnahmen und des ständigen Drucks geklappt, sondern trotz dessen. Hätte ich die Schule abbrechen wollen, wären die Hindernisse eine willkommene Entschuldigung gewesen. Im Gegensatz zu meinen drei Elternteilen hatte ich aber nicht aufgegeben. Ich hatte die Matura erlangt. Auch wenn ich dafür zur Hölle fuhr. Die letzten Tage verhängte ich im Netz, tauschte Nachrichten aus und wartete, bis ich endlich gehen durfte.

Die verschiedenen Grenzbeamten hielten den gestempelten und zerknitterten Zettel etwas ratlos in den Händen, winkten mich jedoch durch. Ich entrann dem Fegefeuer erstaunlich leicht. Hatte mich Buenos Aires um Geld und Papiere gebracht, liess ich auch ein gewisses Selbstbild zurück. Nach fünf Monaten Südamerika traf ich mit einem komischen Hut und der lädierten Gitarre in Zürich ein. Katharina fand, ich sei beseelt heimgekehrt. Mir kam die Schweiz, Zürich, unwirklich vor. Grell, so blendend schön, dass es schmerzte. Ich saugte die frische Luft tief in meine Lungen, die unverkennbar nach Limmat roch. Eine Mischung aus Sonnencreme, Glace und Olivgrün. An der Trittligasse blühte der Garten. War ich wirklich hier zu Hause? Paolo sass auf dem Sofa und betrachtete meinen Hut. Da erst begriff ich, dass ich in einer trügerischen Blase aufgewachsen, wie statistisch unwahrscheinlich meine behütete und begüterte Herkunft war.

In der Versenkung

I

Zu jener Zeit war alles sehr schwer, besonders das blosse Vorhandensein. Donatella hatte ihr Atelier an der Trittligasse ein Stück weit geräumt, sodass ich ein Bett hinstellen konnte. Ihr Schreibtisch blieb sowie ihre Kleider in der Kommode und die Sachen in den Gestellen. Mein Rechner residierte auf einer Konstruktion zwischen Regalbrett und Bettrahmen. Von dort aus machte ich mit der integrierten Kamera einige Bilder von mir, die ich kürzlich in den Untiefen meiner Festplatten wiederfand. Ich schaue extrem niedergeschlagen aus. Lila besuchte mich einige Male, gab mich aber bald endgültig auf. Ich notierte kryptische Gedichte, geprägt von meiner zunehmenden Verzweiflung. Die Eingabefrist für die Schreibschule hatte ich bereits zum zweiten Mal verpasst. Von jener in Deutschland, auf die ich mich beworben hatte, kam eine Absage. Ich brauchte eine Sicherheit, an die ich mich halten konnte. Ich schrieb mich über das Netz für Deutsche Literaturwissenschaften und Philosophie an der Universität Zürich ein. Im Grunde wollte ich einfach meine Ruhe haben, den ganzen Tag auf dem Sofa liegen und nachdenken. Mich trieb die Frage nach Wahrheit um. Spinnte ich oder spinnten die anderen?

In diesem ersten Herbst meiner mehr als zehn Jahre dauernden Studien pilgerte ich an das Deutsche Seminar und lernte mittelhochdeutsche Wurzelverben. Das Laub hing geknickt von den Bäumen, die Sonne gedachte einer reichen Ernte. Ich kam in ersten Kontakt mit poetologischen Überlegungen und weshalb die Lyrik die höchste literarische Gattung sei. Dazu schrieb ich eine Seminararbeit, die selber eher einem Gedicht glich denn Wissenschaft. Wenn auch mein Grossvater als Arzt durchaus Akademiker gewesen, so war ich bis anhin wenig bis gar nicht mit dem hochschulischen Habitus in Berührung gekommen. Ich hatte schlichtweg keine Ahnung, wie man wissenschaftliche Arbeiten verfasste. Ich kannte mich nur aus im Dichten. Dass dies zwei grundlegend verschiedene Dinge sind, begriff ich nicht auf Anhieb. Der Dozent bat mich zu einem Gespräch, in dem er das klarstellte und die Arbeit dann trotzdem wegen ihrer Originalität akzeptierte. Er sagte: »Ich verstehe Hegel und Kant, aber ich verstehe Sie nicht. Es wird nicht einfach sein, aber gehen Sie weiter Ihren Weg.«

Derart ermutigt entschloss ich mich, dem Betrieb Magie einzuhauchen und die Kluft zwischen Philosophie und Literatur zu überbrücken. Das war für den Rest meiner universitären Bildung das leitende Prinzip. Ein Anspruch machte das Punktesammeln bis zum Abschluss nicht einfacher. Hinzu kamen die älteren Semester, die uns einflüsterten, dass es niemals in der Regelstudienzeit zu schaffen sei. Dass Philosophie etwas war, wofür man sich Zeit nehmen müsse. Ja, dass die Frage, ob es Zeit überhaupt gebe, eine philosophische Frage sei. Von der Suche nach Wahrheit, die anscheinend mit Sprache gar nicht zu erreichen war, schwenkte ich um zur Erkenntnistheorie. Was ist Wissen, und was bedeutet es, etwas zu wissen? Ein prozessorientierter Ansatz, der Wissen als das Produkt intellektuell tugendhafter Handlungen verstand, war en vogue.

Um ein Einkommen zu haben, begann ich, in einer amerikanischen Kaffeehauskette zu arbeiten. Der Kundenansturm in der Filiale am Bellevue war dermassen heftig, dass ich bald für die einfacheren Tätigkeiten eingeteilt wurde. Das Kassensystem mit den unzähligen Optionen überforderte mich. Die Kundschaft ratterte ihre Bestellungen mechanisch runter und erwartete, dass ich genauso mechanisch die Befehle in die Maschine übersetzte. Yves, mein Klassenkamerad aus dem Gymnasium, und Sia, meine Nachbarin aus der Altstadt, arbeiteten beide ebenfalls in der Filiale. Sia stand kurz davor, Filialleiterin zu werden. Auch Yves und Sia verloren die Geduld mit mir. Mit der Frage nach Wissen beschäftigt, konnte ich mir die einzelnen Schritte an der Kasse einfach nicht einprägen.

Hinten in der Waschküche, wo eine riesige Geschirrspülmaschine mit Krümeln auf den Tellern gefüttert wurde, war ich meistens allein. Yves zeigte mir, wie man mit den Lachgaskartuschen des Sahneschäumers eine kurze Auszeit nehmen konnte. Daher war meine liebste Aufgabe das Geschirrspülen. Ich steckte mir die sahneverschmierte Düse in den Mund und drückte ab. Ich hampelte in der Waschküche herum, bis die Wirkung schnell wieder nachliess, und legte die nächste Kartusche ein. Ich schoppte die Fuhr an dreckigem Geschirr in den hungrigen Rachen der Industriespüle und hoffte auf einen Nachschub Kartuschen. Der Monatslohn war bescheiden.

Ich wäre gerne an der Trittligasse geblieben. Ich breitete mich aus und schaffte mir meinen Platz in Donatellas Atelier. Warum sollte ich kein eigenes Zimmer haben? Ich zügelte den Rechner vom provisorischen Gerüst hinüber auf Donatellas Schreibtisch. Als Bürostuhl diente mir weiterhin Urgrossvaters Praxissessel, in den ich als Jugendlicher hineingekotzt hatte. Vom Stellungskrieg erschöpft, verlangte Donatella, dass ich auszog. Sie wollte ihr Atelier wieder für sich. Und ich würde ja jetzt arbeiten. Vor ein Ultimatum gestellt, erklärte ich mich bereit, sicherte mir aber im Gegenzug einen Zuschuss zum Unterhalt. Weil es nur knapp die Hälfte der Kosten deckte, hatte ich nach verbissener Diskussion einen Tobsuchtsanfall. Ich schmiss die Trinkflasche an die Wand, die ich beim Gespräch krampfhaft umklammert hatte. Der Deckel löste sich, und das Wasser verspritzte im ganzen Raum. Warum meine Eltern bei der Unterstützung meines Studiums geizten, erschloss sich mir nicht. Die Mittel waren vorhanden. Sie bestanden darauf, dass ich einen Beitrag leiste. Aus Prinzip. Fünfhundert Franken könne noch jeder verdienen, sagte René. Ich dachte an Nonna Clementine, die ihre Studienfinanzierung bei den Eltern auf dem Bauernhof vollständig hatte abarbeiten müssen.

Mein Studium würde sich zwangsläufig in die Länge ziehen, da ich durch die stressige Arbeit im Café abgelenkt und mein Kopf danach leer war.

Katharina gab mir ihre Texte zum Lesen. Einer handelte von einem feuchten Ort zwischen ihren Beinen, den die explizit angesprochene Leserschaft begehrte. Wir trafen uns im *Café Odeon*, wo ich ihr neidlos zugestand, dass sie gut schreiben konnte. Katharina fuhr bereits fantastische Erfolge ein. Sie konnte von ihren Buchstaben leben, der vielleicht wichtigste Zaubertrick einer schreibenden Person. Meine Textproduktion hingegen stockte. An der Universität kam ich kaum voran. Es fiel mir schwer, meine ausufernden Überlegungen in klaren Strukturen nachvollziehbar zu formulieren. Sowieso wollte ich an die Kunsthochschule gehen. Ich wollte Kunst machen. Magie, nicht nüchterne Vernunft. Ein Professor für Neue Deutsche Literatur antwortete mir, dass er den Essay zwar annehme, da ihm der Grundgedanke einleuchte. Dass ich mich aber stärker bemühen sollte, mich schriftlich zu artikulieren: »Sie brauchen VIEL MEHR Übung im Schreiben, sonst wird das nichts mit dem Studium.«

2

Ich fand ein günstiges Zimmer in einer Studentenwohnung. Im Winter musste mit Holz geheizt werden, das ich aus dem Keller vier Stockwerke hochschleppte. Der Erismannhof war als Arbeitersiedlung konzipiert, mit Kirschbäumen im Innenhof, und stand unter Denkmalschutz.

Ich wohnte mit Lena zusammen in der Dreizimmerwohnung. Wir hatten eine Küche mit Gasherd und dem Holzofen, eine Stube sowie je ein Zimmer. Die lagen direkt nebeneinander, getrennt bloss durch ein sehr dünnes Holzwändchen. Man bekam alles mit, was der andere so trieb. Zum Beispiel, wenn wir beide lauthals Lieder mitsangen. Eine amerikanische Sängerin hatte ein Video im Netz veröffentlicht, das sie selbst produziert hatte. Alte Filmaufnahmen und Cartoon-Ausschnitte montiert mit Bildern von ihr, wie sie vor einem Haus in Los Angeles steht und die Oberlippen schürzt. Dazu sang sie ein verträumtes Lied, wie ihr Partner Videospiele spielt und sie auf der Schaukel wartet. Lena und ich hörten das Stück in Dauerschleife.

Mein Zimmer schaute auf eine stark befahrene Strasse und Zuggleise. In der Nacht ratterten Güterzüge vorbei. Wenn ich manchmal das Fenster putzte, sah ich, dass es aussen und innen schwarz von Feinstaub, Russ und metallischem Abrieb der Gleise war. Ich dachte an den Kachelofen, den ich an der Florhofgasse hatte ausbauen lassen. Ich las mich ins Thema Ultrafeinstaub ein, was mich gegen den verbrennermotorisierten Strassenverkehr radikalisierte. Lenas Zimmer schaute in den ruhigen, sonnigen und grünen Innenhof, wo im Frühling Kirschbäume blühten. Als ich mit meinen wenigen Sachen einzog, war die Stube vollgestellt mit absterbenden Topfpflanzen. Es war gemütlich und romantisch.

René kam mich besuchen und fand es super. Routiniert schaute er in jedes Zimmer und kommentierte den Zweck. Die Duschkabine hatte es ursprünglich nicht gegeben. Eine eigene Dusche oder gar Wanne zu haben, war früher ein Luxus. Man wusch sich in den öffentlichen Anstalten. »Das hat fünfzig Rappen für fünf Minuten warmes Wasser gekostet. Da musstest du schnell sein. Einseifen nur bis zum Knie, was darunter lag, habe ich nie gewaschen«, lachte René. Im Erismannhof wurden die Badezimmer, eher Badekammern, nachträglich eingebaut. Es reichte für ein Lavabo, eine Kloschüssel und die Dusche, eng beieinander. In den Fugen schimmelte es. Ein Wasserschieber lag zwar rum, wir benutzten ihn aber nie.

An der Universität traf ich Delphine wieder. Sie hatte kein Zwischenjahr eingelegt, sondern nach der Matura gleich mit dem Studium begonnen. Wir belegten dasselbe Seminar zu politischem Konservatismus. Geistesabwesend füllte ich auf dem ausgedruckten Text die Lücken in den Buchstaben, während die anderen diskutierten. Ich hatte, ohne es zu merken, diese Silben im Wort angestrichen: Konservatismus. Delphine zeigte darauf und sagte: »Konvamus. Gehen wir zusammen.« Ich wurde rot und wusste nicht, was antworten. Die Sache war die, dass ich mich in Delphines beste Freundin Julia verliebt hatte.

Nach einem langen Tanzabend im Club waren Julia und ich frühmorgens einen Falafel holen gegangen, den wir in einem Hauseingang assen. Die Sauce lief uns über die Finger, während die Sonne bereits ihren Aufstieg wagte. Wir küssten uns und verschmierten das Ketchup auf den Lippen. Es war lau, es war dämmrig, es war verboten. Ich flickte Julias Fahrrad, die Kette war rausgesprungen. Am nächsten Abend schliefen wir miteinander. Sie schloss die Augen und hatte ein strahlendes Lächeln auf dem Gesicht, das ihre Schneidezähne zeigte. Das wollte ich nochmals und nochmals sehen. Julia hatte den Tag hindurch ein lämmchenhaft unschuldiges Gesicht. In der Nacht empfing es Dinge, die sie niemals zugeben würde, wie sie selbst es ausdrückte. Ab jenem Abend kontrollierte ich ständig mein Telefon, ob Julia mir geschrieben hatte.

Das erste Mal aufgefallen war mir Julias lausbubiger Blick an einem anderen frühen Morgen. Jedes Jahr findet in Zürich eine Party unter offenem Himmel statt, die durch die ganze Stadt zieht. Eine endlose Masse an Menschenfleisch, das sich wie durch einen Fleischwolf durch das Gitternetz der Verkehrsachsen zwängt. Bis hin zur letzten Station in einem Kulturareal am See, das seinen Namen den roten Backsteinwänden verdankt, die Rote Fabrik. Dort tanzen die Hartgesottenen nicht nur bis in den nächsten Tag hinein, manche schlafen während drei Tagen gar nicht. So wird es gesagt. Kein Wunder, dass noch einfacher und günstiger als Trinkwasser verschiedenste Drogen verfügbar sind. Ich hatte mir geschworen, die Finger von Kokain zu lassen, aber es gab ja noch eine Menge anderer Stoffe, die ich noch nicht ausprobiert hatte. Mit Gian und Thomas erweiterte ich mein Bewusstsein. Auf der Tanzfläche und draussen am Ufer, wo wir uns hinfläzten und langsam in der sich ausbreitenden Augusthitze vertrockneten. Ich bekam solchen Durst, dass ich Thomas sagte, er solle kurz aufpassen, ich wolle schwimmen gehen. Er nickte. »Ist gut.«

Wie ich ins erfrischende Seewasser stieg, bemerkte ich sofort die heilende Wirkung. Ich war frei, ganz frei! Ich gehörte niemandem, gehorchte keinem. Eine Explosion erschütterte meine Brust, als ich das erkannte. Mein Solarplexus flammte auf, so hell wie eine Galaxie, war eine Supernova. Niemand stand über mir. Nirgends musste ich hin, nirgends hatte ich zu bleiben. Ich musste keiner sein, musste selbst mich nicht sein. Ich konnte los, los, einfach weiter, immer fort, und morgen wär ich schon ein anderer. Mit dem Kopf ins Kühle tauchte ich ab. Ich schwamm den sandigen Boden entlang, drückte meine Finger hinein. Sanft gab er nach und umspielte meine Fingerspitzen. Das Wasser war von einem gletscherhaften Blau und einer klaren Weitsicht, die mich alles erkennen liess. Ich fühlte mich vollends aufgehoben darin.

Fasziniert beobachtete ich, wie meine Hände den Sand aufwirbelten. Die Körnchen zerriebener Muscheln stäubten und erhoben sich, schwebten flimmernd, schneiten hinunter. Ich wühlte beide meine Hände in diesen wundersamen Grund. Spürte die feine Sensation bis zu den Handgelenken. So wollte ich für immer bleiben, wollte mit dem ganzen Körper in diesen schlammigen Sand hineingleiten. Ich fühlte mich wie ein Delfin im endlosen Ozean, trollte mich schwerelos hin und her, war eine Schule für mich allein, die sich um ihr eigenes Zentrum drehte. Neckisch jagte meine Nase die Zehenspitzen. Ich überflog die leicht gewellten Dünen einer ausgedehnten Wüste, die sich unter mir erstreckte, und vergrub mich darin wie ein Riese. Ich pflanzte die Samen einer Bohnenstange, die bis in den Himmel reichte.

Ich war eins geworden mit dem Wasser, der Erde, der Welt und all den Lebewesen darin, echten und fantasierten. Ich konnte diese umfassende Verbundenheit förmlich in mir aufsaugen. Ich konnte sie geradezu trinken. Mit dem Seewasser im Mund wurde mir plötzlich klar, dass ich nicht nur Liebe atmen musste. Schlagartig begriff ich, dass ich am Ertrinken war. Wie wild ruderte ich mit den Armen, die sich gerade noch so fröhlich der Unterwelt entgegenstreckten. Die Sonne schwappte und schwamm über mir. Ich strampelte mit den Füssen, stiess mich ab vom Boden, der mich angezogen hatte mit einem unwiderstehlichen Gesang. Ich bekam keine Luft, ich geriet in Panik. Wie ein Frosch schlugen meine Schenkel in den wirbelnden Raum. Ich durchquerte eine Leere, deren Eckpunkte nicht auszumachen waren. Nur das helle Licht von oben leitete mich an. Die letzten Zentimeter bis zum erlösenden Sauerstoff waren die längste Strecke, die intensivste Zeitlupe, die ich je erlebte. Ich hatte Todesangst.

Endlich, wie ein Pottwal, stob meine Schnauze durch das nasse Glas, wölbte die Spiegelfläche, bis sie in tausend Stücke barst und eine Fontäne durch das runde Luftloch prustete. Ich spuckte Wasser und hustete. Ich hielt meinen Kopf hoch, um auf keinen Fall nochmals die dünne Grenze zu passieren, die mein Leben vom Tod unterschied. Am Ufer lag Thomas seelenruhig da, unbewegt, gleich einer griechischen Statue. Ich rettete mich an Land und fragte ihn: »Sag mal, wie lange war ich unter Wasser? Ich wäre beinahe ertrunken!« Er schaute mich verwirrt an. »Du warst schwimmen? Das habe ich gar nicht mitbekommen. Gute Idee!« Er entkleidete sich und watete in die silbernen Wellen, die mich eben beinahe für sich reklamiert hatten. »Wie schön die Berge sind!«, rief er aus.

Derart davongekommen, wurde ich vergnügungssüchtig. Ich pirschte über das Gelände. Ich hatte Delphine zuvor erspäht und wusste, dass sie auch hier war. Ich kämmte mich durch die schwitzenden Muskeln, bis ich Delphine wiederfand, zart stehend im Proll. Sie hatte schwarze lose Kleider an, unauffällig und lieb. In Begleitung Julia. Ich ging zu den beiden hin, und Delphine begrüsste mich freudig, als hätte sie mich ebenfalls gesucht. Ich wollte, aber konnte unmöglich erzählen, was mir eben widerfahren war. Delphine las mein Gesicht und sagte: »Kommst du mit uns essen?« Da sah ich Julias Fuss in meine Richtung rücken, ihr Bein machte geradewegs einen Schritt auf mich zu. Ihre Haltung war wie ein angespannter Pfeil, der sich auf mich richtete. Ich zuckte zusammen. Ich konnte mir nicht vorstellen, mit den beiden gesittet an einem Tisch zu sitzen, zu essen, anständig zu konversieren, die tastenden Blicke Julias regelrecht in die Haut stechend. Ich lehnte dankend ab. »Merci«, sagte ich, »nein, ich muss noch auf Thomas aufpassen. Er will schwimmen gehen.«

3

Noah war nach der Schule unter die Anarchisten gegangen. Sie besetzten unbewohnte Häuser. Um gegen den Leerstand, die Wohnungsnot und den Zustand der Welt im Allgemeinen zu protestieren. Er gab mir ein schmales Bändchen mit dem Titel *In offener Feindschaft mit dem Bestehenden, seinen Verteidigern und seinen falschen Kritikern*, das mich tief beeindruckte. Im italienischen Original heisst es *Ai ferri corti*, also eher *Mit gezückten Messern*. Ich besuchte ihn oft in den teils heruntergekommenen Hütten. Es standen Holzpaletten herum, die Gartenstühle hatten Risse, und der Küchentisch war immer dreckig. Jemand zeigte mir an einem Sonntagmorgen, wie man Mehl auswäscht, um Seitan herzustellen. Alle konnten von allen etwas lernen, und wir passten aufeinander auf. Manchmal blieb ich mehrere Tage und schlief auf den abgeranzten Sofas, bevor ich wieder nach Hause ging.

Egal, wie lange sie bleiben konnten oder wie oft Noah weiterzog, immer hatte er seine Sammelkarten in mehreren Schuhkartons dabei. Im Estrich der Trittligasse kramte ich ebenfalls meine Karten wieder hervor, und wir duellierten uns in den Wohnzimmern der besetzten Häuser und Wohnungen. Wir tüftelten nächtelang an neuen Kombinationen, viel ausgefeilter, als ich es in der Kindheit jemals erreicht hatte. Unterstützt wurde diese Forschung von feinstem marokkanischen Haschisch, das

Noah von einem speziellen Kontakt bezog. Er machte ein Geheimnis darum, woher er es hatte. Wir gerieten in einen tranceähnlichen Zustand, der plötzlich ungeahnte Zusammenhänge zwischen den Zaubersprüchen herstellte. Die restlichen Anarchisten beäugten skeptisch unseren Eskapismus. Es half der Revolution nur bedingt. Melina die mit uns in der Klasse gewesen war und jetzt Häuser besetzte, bluffte mit einem Eignungstest für einen Hochbegabtenverein. Um sich unserer selbst abzusichern, machten Noah und ich den Test auch und lieferten Glanzresultate. Wir hätten gekonnt, wenn wir wollten, aber wir wollten eben nicht. Wir wollten lieber die Hirnmasse in clevere Spielzüge investieren, die für nichts gut waren ausser die momentane Freude am Menschsein.

Noah informierte sich im Netz über die neusten Brettspiele und schaffte sie an. Er erklärte uns die Spielregeln, während er im Regelheft las und an der Haschzigarette zog. Mit am Tisch sass Noahs Freundin Lisa. Noah hatte seit dem Gymnasium durchgehend Freundinnen gehabt, worum ich ihn beneidete. Er hatte anhaltende und tiefverbundene Beziehungen. Wenn ich Lisa und Noah im Bett kuscheln sah, hätte ich sie gerne beide umarmt und mich dazugelegt. Aber meine Verklemmtheit hielt mich davon ab. Auch Lisa hatte dasselbe Gymnasium besucht wie Noah und ich. Sie studierte Illustration in Luzern und pendelte derzeit hin und her. Bevor sie zusammengekommen waren, hatte Noah etwas mit Lisas bester Freundin gehabt. Grob geschätzt bestand die anarchistische Truppe Zürichs etwa zur Hälfte aus gutbürgerlichem Nachwuchs.

Eines jener besetzten Häuser befand sich in unmittelbarer Nähe von Julias Wohnung. Als Kind reicher Eltern lebte sie selbstverständlich preisgünstig zur Kostenmiete in einer gemeinnützigen Stiftung. Nach unseren Spieleabenden ging ich manchmal zu Julia. Wir kochten etwas Einfaches, und nach dem Kochen putzten wir die Küche der Gemeinschaftswohnung. Julia hielt mich dazu an, auch den Gasherd zu putzen. Das war mir völlig neu. Ich putzte sonst nie einen Gasherd. Sie zeigte mir, wie es mit einem Mikrofaserlumpen schnell erledigt war. Danach schauten wir eine grauenhafte Serie, bis sie sich endlich über mich beugte und küsste.

Julia hatte unterdessen mit Delphine geredet und ihr Genaueres von unserem Techtelmechtel erzählt. Obwohl Delphine mir gegenüber die Sache gutgeheissen hatte, war sie wütend auf Julia. Es war mir unangenehm, zwischen den beiden einen Zwist zu verursachen, auch wenn ich im Grunde wusste, dass so wichtig ich nicht war. Ich traf Delphine zur Aussprache und Mittagessen in der Mensa an der Uni.

Wir schöpften die Teller bis zum Rand und setzten uns an einen der mit grauem Vinyl belegten Tische. Die Fenster der Mensa waren hoch und reckten sich über die ganze Länge bis zur Decke. Es war bewölkt, das Licht fahl und gleichmässig. Wie Delphine so unschuldig dasass, erinnerte ich mich daran, dass sie es ja gewesen war, die mich aus meiner selbstverschuldeten Unsicherheit geholt hatte, mit einer beherzten Aufforderung zum Tanz. Ich wurde plötzlich sentimental. Wir redeten, und Delphine gestikulierte mit vollem Mund. Ich fragte Delphine, ob sie sich vorstellen könne, wieder mit mir zusammen zu sein. »Ich habe gelernt: Sag niemals nie«, antwortete Delphine und lächelte.

Als Julia das nächste Mal zu mir kam, bemängelte sie, wie staubig mein Zimmer war. Überall in den Ecken und auf den Büchern sammelten sich die Mäuse. Julia nahm Shakespeare vom Stapel und kritisierte die Rollendarstellung der Frauen darin. »Du hast dich mit Delphine getroffen?«, fragte sie schliesslich gereizt und legte das Buch zurück. Ich gab es zu. »Und dass du wieder mit ihr zusammen sein willst?« Ich stockte, versuchte, mich rauszureden: »Nur ob sie es sich vorstellen könnte, habe ich sie gefragt!« Julia missbilligte meine Antwort. Die Verwirrung komplett machte die Tatsache, dass Julias Ex-Freund Carl ihr nachstellte.

Als ich eines Morgens in Julias Bett aufwachte, bemerkte ich, dass am Kopfende zwei Frühstücksschüsseln standen. Die Maisflocken waren noch nicht ganz eingetrocknet. Es versetzte mir einen schmerzhaften Stich. Als wir die Treppe hinab zur Strasse stiegen, lächelte mich Julia entschuldigend und verlegen an. Ich brachte kein Wort heraus. Ich türmte stumm. Dennoch wollte Julia nachts darauf zu mir in den Erismannhof kommen. Sie schrieb mir spät am Abend eine liebe Nachricht, und ich geriet in Aufruhr. Das Zimmer war unordentlich und staubig. In einem letzten Aufbäumen putzte ich den sichtbaren Bereich und staubsaugte den Boden. Plötzlich brauste Lena ins Zimmer und schlug auf mich ein. Ich hob schützend meine Arme vors Gesicht. Sie boxte in die Magengegend. »Was fällt dir ein! Du Arschloch!«, schrie sie. »Ich habe schon geschlafen!« Ich stammelte eine Entschuldigung, aber sie war sehr aufgebracht. Weinend zog sich Lena in ihr Zimmer zurück. Julia kam zu mir. Wir schliefen ein letztes Mal miteinander.

Am nächsten Tag konfrontierte Lena mich mit meinem asozialen Verhalten. Wir waren in der Küche, und Lena rauchte wütend aus dem Fenster, aus dem ich in unseren guten Zeiten einen Stuhl geworfen hatte. Sie forderte mich auf, eine neue Wohnung zu suchen. Sie wolle mit jemandem wohnen, der das gemeinsame Wohnen auch achte und vielleicht gelegentlich Schnittblumen mitbrachte. Lena deutete auf eine Vase, in der ein Strauss seit Wochen trocknete und verdorrte. Auf einigen Blättern hatte sich eine mit fettigen Kochdämpfen vermischte Staubschicht abgelagert.

Ich willigte ein. Bei einer kurzen Recherche im Netz fand ich nichts für mein Budget. Hatte man damals genug Geld, fand sich schon eine Wohnung. Heute kriegt man nicht einmal mit Geld eine Wohnung in Zürich. Ich akzeptierte mein Schicksal. Den grössten Teil meiner Sachen verstaute ich an der Trittligasse. Mit wenigen wichtigen Büchern, dem Klapprechner und einigen Kleidungsstücken fuhr ich bei den Besetzern ein. Auch dort war zunächst kein Zimmer für mich frei. Ich schlief im Bett von jemandem, der gerade nicht da war, oder auf dem Sofa. Ans Onanieren war nicht zu denken. Noah sagte mir, ich solle mich noch ein wenig gedulden. Eine grosse Sache sei am Dampfen.

4

Bevor sich die grosse Sache zeigte, bekam ich einen Brief vom Schweizer Militär. Ich musste mich zur Rekrutierung melden. Es gehörte zum guten Ton, ausgemustert zu werden. Umgekehrt waren René und seine Freunde im Militärdienst gewesen, nicht um das Land gegen einen äusseren Feind zu verteidigen, sondern vor einer bürgerlichen Militärdiktatur. Renés Politisierung verstand unter dem Gewehr in der Hand des Proletariers eine Notwendigkeit, um gegen das Grosskapital einen bewaffneten Aufstand führen zu können. Ich jedoch hatte angesichts der grossen Sache, die angeblich am Dampfen war, keine Zeit für sinnlose und kilometerlange Märsche.

Im Gegensatz zu anderen war ich unvorbereitet. Viele hatten sich ganz selbstverständlich ein ärztliches Attest von einem mit der Familie befreundeten Arzt ausstellen lassen. So was hatte ich nicht parat und bemühte mich auch nicht darum. Ich rückte ein. Einerseits war ich bestrebt, keinen Militärdienst zu leisten. Anderseits war ich noch viel bestrebter, keinen Zivildienst, Zivilschutz oder sonst irgendeine Art von Dienst zu leisten. Diese Art der Untauglichkeit für die Gesellschaft trägt den Namen »Doppel UT«. Nicht nur einfach untauglich, sondern doppelt untauglich, auf jede erdenkliche Weise ausgemustert. Von der Gemeinschaft aufs Abstellgleis gestellt. Zur Verrostung freigegeben. Das klang für mich wunderbar.

Der einzige Haken daran war, dass diese total abgewrackte Position auf dem Schienennetz der Leistungsträger etwas kostete. Jedes Jahr waren drei Prozent des Einkommens abzudrücken, mindestens aber vierhundert Franken. Zehn Jahre lang. Der einzige Trick bestand darin, während dieser ersten zehn Jahre nach der Rekrutierung kein oder nur ein geringes Einkommen zu haben. Mit Müh und Not die vierhundert zusammenzukratzen, um mit Flüchen über unnötige Munitionsverschwendung die Rechnung zu begleichen.

Ich kam im Rekrutierungszentrum Rüti ohne Sportbekleidung an. Am ersten Tag der dreitägigen Veranstaltung musste ein Sporttest abgelegt werden. Geeignete Kandidaten erhielten ab einer gewissen Punktzahl eine Auszeichnung, das Sportabzeichen, und durften ihre gewünschte Soldatenfunktion auswählen. Wer richtig protzen wollte, wurde Panzergrenadier. Ich hatte mich zunächst noch nicht entschieden, ob ich beim Sporttest rausfallen wollte oder erst später. Wir durchliefen in Gruppen einen Parcours mit verschiedenen Stationen. Als zuerst Weitsprung anstand, wurde mein Ehrgeiz entfacht. Der Ausbilder wurde sichtlich wütend und fauchte laut: »Der Zürcher in Jeans springt wieder am weitesten.« Er wusste, wie er mich motivieren konnte. Ich übertraf meine Gruppe auch bei der Körperbalance. Ich schnitt überdurchschnittlich ab bei der Kondition. Wir rannten die Turnhalle hin und her. Nur Medizinbälle warf ich nicht besonders weit.

Als Letztes waren Liegestütze auf dem Programm. Es waren Latten aufgestellt, die mit dem Rücken berührt werden mussten. Schon ziemlich am Arsch, spreizte ich meine Zehenspitzen und legte die Handflächen auf den

Boden. Gegen Ende wurde ich vom Ausbildner, der sich beim Weitsprung über mich ausgelassen hatte, angefeuert. Er kniete neben mir und zählte runter. Ich brach völlig erschöpft zusammen. Ich hatte die achtzig Punkte für das Abzeichen erreicht. Während des Tests war ich in einen Rausch geraten. Jetzt hatte ich das Problem, dass ich anderweitig ausgemustert werden musste. Ich durfte einzeln in einem Zimmer übernachten, während die anderen sich zu zweit eine Kammer teilten.

Am zweiten Tag stand die psychologische Abklärung auf dem Programm. Zunächst waren auf einem Bildschirm Fragen zu beantworten. Ich wählte ausschliesslich die klar erkennbar schlechtesten Optionen. Ja, ich kiffe viel. Ja, ich trinke viel Alkohol. Ja, ich bin depressiv. Ja, ich bin familiär vorbelastet. Ja, ich bin gefährlich. Beim anschliessenden Gespräch mit dem Psychiater erzählte ich ihm einige Schauermärchen. Ich sagte, dass meine Eltern schwere Alkoholiker seien und dass ich mich regelmässig im Zimmer einsperren musste, um ihren Übergriffen zu entkommen. Dabei wippte ich auf dem Stuhl hin und her. Er nahm meine Aussagen gelassen entgegen. Ich spielte ihm eine hochgradig verstörte Person vor. Gegen Ende des Gesprächs fasste er meinen schulischen Lebenslauf zusammen: »Sie haben also sechs Jahre die Primarschule besucht, anschliessend nach sechs Jahren das Langzeitgymnasium erfolgreich abgeschlossen und sind danach während eines Zwischenjahrs nach Südamerika verreist. Wie hat Ihnen denn Buenos Aires gefallen?« Er schaute mich lächelnd an. Ich geriet in Verlegenheit. »Gut«, sagte ich nur.

Bei der physischen Untersuchung studierte der Arzt meine Akte, bevor er die Hoden abtastete. Während er die Einweghandschuhe abstreifte, schaute er mich besorgt an. »Wollen Sie denn nichts dagegen tun?«, fragte er, und ich verstand nicht, was er meinte. »Bin ich krank? Ist etwas nicht in Ordnung?«, fragte ich nervös. Er war verwirrt. »In der Akte steht, Sie haben schwere psychische Probleme. Vielleicht können Sie zu einer Beratungsstelle der Universität?« Ich schämte mich sehr. »Ja«, sagte ich. »Das werde ich tun.«

Ich wurde als doppelt untauglich ausgemustert. Beim abschliessenden Eignungsgespräch äusserte der Offizier sein Bedauern und sagte, dass ich im Militär jederzeit willkommen sei, wenn es mir besser gehen würde.

5

Noah hatte nicht zu viel versprochen. Die grosse Sache dampfte tatsächlich ordentlich. Ich kam aus einem Seminar mit der Unitasche an. Sie hatten bereits das ganze Gelände unter ihre Kontrolle gebracht. Es war ein weitläufiges Fabrikareal am Stadtrand von Zürich. Bis vor Kurzem war dort Altpapier gelagert und zerkleinert worden. Auf dem Areal standen ein fünfstöckiges blaues Bürogebäude, ein graues Gebäude mit nur einer Wohnung für den Hauswart. Das Kernstück bildeten zwei enorme offene Stahldächer von knapp hundert Meter Länge, unter denen das Altpapier trocken gehalten wurde. Am hinteren Ende gab es nochmals ein kleines Gebäude mit einem hübschen Garten.

Die Polizei rückte an. Mit schusssicheren Westen standen sie vor dem blauen Haus, von dessen Fenstern aus Melina verhandelte, das heisst, die Tatsachen bekannt gab. Ein Kommissar ohne Weste, dafür mit Klemmbrett notierte ihre Aussagen und sagte dann abschliessend: »Gut, das müssen Sie mit der UBS klären.« Die schweizerische Bank mit dem Hauptsitz am Paradeplatz war Eigentümerin des Areals. Nach der Finanzkrise war sie mit Steuergeldern gerettet worden. Der neue offizielle Werbespruch der besten Bank der Schweiz lautete: »Wir werden nicht ruhen.« Das schrieben wir in grossen schwarzen Buchstaben auf ein weisses Tuch und spannten es draussen vor die Fassade. Melina zog einen Anzug an und ging als Unterhändlerin zur UBS.

Wir nannten uns Familie Küchli. Ich verfasste ein Pamphlet und editierte einige Stellungnahmen meiner Mitstreiterinnen. Ich bat Lisa, die Texte klar und einheitlich zu gestalten. Daraus machten wir eine Broschüre mit wilden Parolen und idealistischen Vorstellungen. Wir sammelten zweitausend Unterschriften im Quartier, teilweise auch von Mitarbeitern und Mitarbeiterinnen der Bank. In einer Prozession überreichten wir die Bogen zusammen mit einigen Ausfertigungen des Hefts dem siebenköpfigen Stadtrat von Zürich. Einer davon war Noahs Vater. Wir durften bleiben. Die Polizei kam nicht wieder. Um es trotzdem nicht einfach hinzunehmen, liess die UBS das kleine Gebäude im hinteren Teil des Areals abreissen und den Garten zerstören.

Jetzt begann der langwierige und komplizierte Verteidigungskampf um die Zimmer. Ich wechselte mehrmals das Stockwerk. Eigentlich wollte ich neben Noah wohnen, kam aber zuletzt im obersten Geschoss zur Ruhe. Das Zimmer hatte den Vorteil, direkt auf den Rundbalkon zu führen, den Nachteil, ausschliesslich über diesen erreichbar zu sein. Der Zugang zur Terrasse wiederum war nur durch ein Fenster in der Küche frei, da die anderen Zimmer belegt waren. Ich musste in der schon nach kurzer Zeit völlig versifften Küche auf den Tresen steigen, mich durch das Fenster zwängen, vom Sims den Meter runterfallen und um das halbe Gebäude gehen, bis ich zu meiner Klause kam. Im Sommer war das kein Problem, aber im Winter würde es eines sein. Das war erst in ein paar Monaten, und ich machte mir keine Gedanken. Auch über die Asbestwarnkleber an einigen Stellen machte ich mir keine Sorgen. Wir installierten eine Holztreppe vor dem Küchenfenster, da dies der einzige Weg auf die Terrasse war.

Ich war hochgestiegen und auf den Wolken gestrandet. Das weisse Licht des Himmels blendete mich, wenn ich morgens aufwachte und als Erstes nichts als Wolken sah. Die Fenster waren vollständig mit Silbergrau ausgefüllte Bilder. Kein anderes Haus, kein Hügel, kein Baum störte meine perfekte Aussicht auf den Himmel. Ich erinnerte mich, wie Henry mich zu einem Heissluftballonflug mitnahm. Wir waren früh aufgestanden, noch in der nächtlichen Dämmerung fuhren wir in ein ländliches Dorf. Auf einem Acker wurden die Ballone eingeheizt. Langsam erhob sich der mit heisser Luft gefüllte Beutel. Wir stiegen in den Korb darunter. Ein Instruktor gab Anweisungen, und wir lösten die Sandsäcke. Erstaunlich schnell entfernte sich der Boden. Ich schaute über den Korbrand. Wir waren der Distanz zur Erde direkt ausgesetzt, unmittelbar. Der Ballon durchstiess eine niedrig fliegende Nebelschwade. Das Atmen wurde feucht, rundherum war nichts als Grau. Ich weiss noch, dass ich um die Flamme fürchtete, dass sie nicht erlösche von den Wassertropfen. Als wir weiter hochstiegen, bekam ich Angst, dass sich der Boden des Korbes löse. Auch hatte ich Angst, dass die Flamme den Ballon verbrenne.

Wie ich im besetzten Haus vom Bett aus die Wolken betrachtete und dieser Szene gedachte, kam mir plötzlich und zum ersten Mal ein anderes Ereignis in den Sinn. Damals war ich noch ganz klein, nicht älter als drei oder vier Jahre. Henry wollte mit mir an eine Parade. Prinzessin Diana war zu Besuch in Zürich. Es sei eine einmalige Chance für mich, die Prinzessin zu sehen. Donatella wollte, dass ich bei ihr bleibe. Die beiden stritten auf einem kopfsteingepflasterten Platz am oberen Ende der Trittligasse. Bis sie sich einigten, mich entscheiden zu lassen. Nach kurzem Zögern streckte ich die Arme in Richtung meiner Mutter. Donatella kann sich an diese Situation nicht erinnern.

Mit meinen Stockwerksgenossen kiffte ich mir die Birne voll und machte tagelang gar nichts. Den Freiraum hatten wir uns mit abstrakten Worten und handfesten Brecheisen erstritten. Wie er gefüllt werden sollte, wusste ich nicht. Darin lag ein Freipass, vollständig abzudriften. Ich verlor jegliches Gefühl für Raum und Zeit. Ich feierte, trank, kiffte, zockte, ging auf in dieser Blase des blauen Hauses.

»Ich werde wahnsinnig, wenn ich noch mehr kiffe«, sagte ich. Wir sassen draussen auf dem Rundbalkon, der Morgen war kühl. »Ja, manche drehen durch von zu viel Marihuana«, sagte Noah. »Aber manche entdecken ein tiefes, verborgenes Wissen, das nicht allen zugänglich ist.« Was für ein verborgenes Wissen konnte das sein? Was meinte Noah damit? Er reichte mir das Tütli. Ich liess mich gerne beeindrucken. Es konnte nur ein okkultes, vielleicht sogar verbotenes Wissen sein. Also kiffte ich mich weiter in die Nebelbank, auf der Suche nach einer Erkenntnis, die mit normalen Mitteln nicht zu erreichen war.

In der Garageneinfahrt bauten die gelernten und handwerklich Tüchtigen eine Bar auf. Im dunklen und klaustrophobisch engen Luftschutzbunker darunter fanden die Partys statt. Harte Musik, schrille Schläge, dumpfe Bässe, die den ganzen Körper erzittern lassen. Ich hätte mir gewünscht, hin und wieder jemanden zu mir nach oben zu nehmen, als der krasse Besetzer, der ich war. Aber niemand war so leicht zu beeindrucken. Nescha, die Bekannte eines Zimmernachbarn, fand sich jedoch manchmal in meinem Bett ein. Es war eine neunzig Zentimeter schmale Matratze, die direkt auf dem Boden lag. Als Decke benutzten wir einen Schlafsack. Nescha hatte schwarze dichte Locken und ging frei im Haus ein und aus. Einmal kamen wir genau gleichzeitig zum Orgasmus. Sie deutete es, durchaus nüchtern, als gutes Zeichen.

An der Uni war vorlesungsfreie Zeit, und auch sonst hatte ich gar nichts zu tun. Die Anstellung im Kaffeehaus gab ich auf. Hin und wieder half ich in der Garage bei Soli-Bars hinter der Theke mit. Bei den regelmässigen und halbwegs obligatorischen Sitzungen verloren sich die vielen Anarchisten unterschiedlichster Couleur in Detailfragen. Ich fabulierte zunächst noch von einer Theaterkompanie, die ich auf die Beine stellen wollte. Die Bühne würde ich draussen unter den Lagerdächern aufbauen. Dagegen regte sich Widerstand von jenen, die dort ihre Wohnwagen parkierten. Ich gab die Pläne so schnell auf, wie ich sie mir ausgedacht hatte. Alle waren dazu angehalten, etwas beizutragen, der angestrebte Konsens war jedoch unerreichbar.

Essen und Respekt schafften jene an, die es aus den Mülltonnen hinter Supermärkten fischten. Die Grossverteiler entsorgten dort die unverkauften Nahrungsmittel des Tages. Gerade die in übermässig viel Plastik verpackten Fertiggerichte waren durchaus in gutem Zustand. Manche Läden kippten zusätzlich Spülmittel hinterher, um unsere mutigen Abfalltaucher abzuschrecken und das Gemüse ungeniessbar zu machen. Mir war unheimlich dabei, daher ging ich kein einziges Mal mit. Ein Mitbewohner aus dem vierten Stock bezeichnete mich deswegen als Parasiten. Mir reichte es nur zu einigen lautmalerischen Gedichtzeilen:

e tonne tön töned wie mülltonne töned!
töned mülltonne wie mülltonne töned?
münd mülltonne wie e tonne tön töne?

Ich realisierte, dass ich selbst bei Familie Küchli im blauen Haus nicht allzu lang bleiben konnte, obwohl ich mir so viel davon erhofft hatte. Bald schon sah ich die anarchische Utopie und die Willkür des sozialen Urteils in neuem Licht.

6

Die Anrufe meiner Eltern beantwortete ich nicht mehr. Henry fasste sich ein Herz und besuchte mich auf dem besetzten Gelände mit Vanille und Stella. Wir sassen unten in der Garagenbar, die nach Rauch vom Vorabend stank. Vanille war eine junge Frau geworden und löcherte mich mit zynischen Fragen. »Hier wohnst du?«, merkte sie an. Stella war irritiert von den zerschlissenen Sofas und drückte auf eine Sprungfeder, die das Leder durchstossen hatte. Ich nahm eine Flasche Mineralwasser aus dem Kühlschrank und servierte in Plastikbechern. Henry wollte unbedingt, dass ich das Areal und die Figuren drauf filmisch dokumentiere. »Das gibt's nur einmal. Du musst es festhalten«, sagte er. Ich meinte, dass ich keine geeignete Filmkamera habe. »Kauf dir eine, ich zahle sie«, sagte er. Ich kaufte eine, aber er zahlte sie nicht.

Ich schlich mit der Handkamera unter den gigantischen Lagerdächern umher und filmte verstohlen einige der Gerätschaften. Traktoren, die Wohnwagen zogen, provisorische Holzkonstruktionen, Hütten, die durch steten Ausbau permanent wurden. In einem eilig gezimmerten Gehege pickten Haushühner nach Körnern, Katzen schlichen herum oder wurden von Hunden gejagt. Auf dem hinteren Teil des Areals quartierte sich ein regulärer Zirkus für den Winter ein. Das war als Puffer gedacht, damit die Angestellten der UBS im Bürogebäude nebenan nicht den ganzen Tag auf die Freibeutermeute schauen mussten und sich womöglich Gedanken zu ihrem eigenen Leben machten.

Schnell wurde ich als Spitzel verdächtigt. Ich fragte die Leute, ob ich sie filmen dürfe, die meisten lehnten ab. Nur ein einziges Gespräch konnte ich einfangen. Unser oberster Stock des blauen Hauses hatte sich zu einer ordentlichen Kifferrunde versammelt. Noah vom vierten Stock war auch dabei. Wogi philosophierte über die Gefangenschaft in Bürgerlichkeit. Er hatte die dünnen Beine übereinandergeschlagen und lehnte sich weit nach vorne. Ich vergrösserte sein androgynes feines Gesicht und verfolgte den schmalen, langen Rauchfaden, der vom Haschjoint aufstieg. Die Wortmeldungen kamen versetzt, mit Pausen dazwischen. Jetzt ging es um Tantrasex und das westliche und das originale Kamasutra. Von der Unterscheidung der menschlichen Geschlechtsteile der Grösse nach in Hasen, Rehe und Elefantenkühe.

Wogi belegte das Zimmer neben mir. Im wörtlichen Sinn, denn Wogi lag noch mehr als ich. Seine Matratze war bräunlich verfärbt. Manchmal stank es bis zu mir herüber nach Schichten von Körperausdünstungen, die sich in der Matratze ablagerten. Als Kruste werden die älteren Semester in der Szene bezeichnet, die hängen geblieben sind, die es »genommen« hat. Wogi war schon in jungen Jahren verkrustet. Er hatte seinen Bildschirm so installiert, dass er im Bett liegen und ununterbrochen zocken konnte. Wogi wanderte in derselben fremden

Welt der Kriegskunst wie einst mein hässlicher Zwerg. Auch ich trat hin und wieder durch das Tor in die andere Dimension, diesmal als untotes Skelett, das Heilzauber wirkte. Je einzeln in unseren Zimmern, durchstreiften wir gemeinsam mit Noah verseuchte Wälder.

Ein Arsenal an Chips und Wasserflaschen hielten Wogis magere Statur bei Stange. Er wusch sich selten und seine Wäsche nie. Eher noch bestellte er im Netz neue Unterhosen unter falschem Namen und auf Rechnung. Der Postbote lieferte die Pakete tatsächlich bei der seitlichen Eingangstür ab. Es gab niemanden, der an dieser Adresse wohnte, es gab niemanden, der diese Rechnungen bezahlte, es gab niemanden, der haftbar gemacht werden konnte, und insbesondere gab es niemanden, der die kleinen Beträge nachverfolgte. Die Firmen, bei denen Wogi abwechslungsweise Waren bestellte, schrieben die Kosten bis zu hundert Franken nach einer Weile einfach ab.

Wogi kam aus der Innerschweiz. Wie und warum er in der Zürcher Besetzerszene gelandet war, erzählte er nicht. Nur einmal berichtete er von seinem Lehrmeister, der ihn misshandelt hatte. Wogi verkörperte die Idee des Nichtstuns als Widerstand auf eine mir bis anhin undenkbare Weise. Sein Nichtstun überstieg meine Vorstellungskraft. Wenn ich in den Tag hineinlebte und mich mit meinem Nichtstun abzufinden versuchte, mahnte Wogi neben mir im Zimmer, dass ich ein blutiger Anfänger war auf dem Gebiet. Mit der vielen Zeit, die mir zur Verfügung stand, geriet ich ins Grübeln. Ich kratzte an meinen Hirnwindungen herum und verletzte eine systemrelevante Ader.

Mein Programm war plötzlich fehlerhaft. Die Grenzen zwischen Spiel und Realität lösten sich auf. Ich fragte mich, warum Worte keinen Einfluss auf die physische Materie haben sollten. Ist das Ding an sich für den Menschen unerkennbar, in dieser Unbestimmtheit unbestimmt? Oder ist umgekehrt das Ding an sich unbestimmt und deswegen erst unbestimmbar, demzufolge wandelbar? Ich probierte, das Wetter zu ändern durch blossen Willen. War es bewölkt, scherzte ich gegenüber anderen, dass ich noch an der Bühnenbeleuchtung arbeite. Die Wolken wischte ich mit der Hand beiseite, wie man eine beschlagene Fensterscheibe poliert. Ich stand vor meinem Zimmer auf der Terrasse und starrte in den Himmel. Hin und wieder kommandierte meine Hand die Wolken zum Abzug. Ich achtete auf die kleinsten Bewegungen der troposphärischen Schwaden. Ob sie sich lichteten unter meinem konzentrierten Augenstrahl, den ich fokussiert und scharf gestellt wie eine Linse auf die bauchigen Nebel richtete. Das Ergebnis war durchzogen. Ich strengte mich extrem an, und es schaffte mich sehr. Nach meinen Versuchen war ich so erschöpft, als hätte ich tagelang gearbeitet.

Um sie nicht mit meiner Verrücktheit zu belasten und um respektvoll Gras über die ganze Angelegenheit wachsen zu lassen, hatte ich Delphine nicht mehr angerufen. Es meldete sich aber Julia bei mir. Sie kam mich besuchen. Ich hatte eine wunderbare sternklare Nacht für sie herbeigezaubert. Es war mir erstaunlich gut gelungen. Wir sassen auf dem Dach in Liegestühlen, die plötzlich dagestanden hatten. Das königsblaue Firmament war von Sternen durchlöchert, und die Milchstrasse spannte sich majestätisch von Horizont zu Horizont. Ich wollte Julia umarmen, an der Schulter küssen. Ich freute mich, sie hier zu sehen. Sie wirkte wie eine Person aus einem anderen Leben, einem Leben, das jemand anderem gehört hatte. Obwohl wir uns bloss zwei oder drei Monate nicht gesehen hatten, war sie mir fremd geworden. Julia zog ihre Schulter weg und sagte nichts, sass nur da. Plötzlich weinte sie. Ich wusste nicht, was ich tun sollte. Ich konzentrierte mich darauf, den Himmel frei von Wolken zu halten. Zeigte sich ein Schatten, fegte ich den Schlirggen mit einem gezielten Blick sofort weg. Das Wetter zu beherrschen, fand ich eine ansehnliche Fähigkeit. Ich konnte es Julia unmöglich vermitteln und verständlich machen, welche Leistungen ich gerade erbrachte.

»Wir machen später Pizza, willst du mitessen?«, fragte ich. Sie schüttelte den Kopf. Die Tränen hatten die Schminke um die Augen verschmiert. Julia war wieder mit ihrem Ex-Freund Carl zusammen. Sie erzählte mir, wie Carl sie beschimpft, beleidigt und gedemütigt hatte. Ich war sprachlos. Mein Missmut äusserte sich in einem Verdunkeln des Himmels. Das bestürzte mich fast noch mehr. Aber es leuchtete mir ein. Ich brachte die Anstrengung nicht mehr auf, die Sterne für Julia frei zu halten.

Ich begleitete sie nach unten. Als wir bei ihrem Fahrrad standen, fragte Julia, ob wir uns wiedersehen würden. Ich zuckte die Achseln. Mit verschränkten Armen sagte ich: »Weiss nicht.« Julia war schockiert. Sie schaute mich ungläubig an, als wäre sie es nicht gewohnt, abgelehnt zu werden. Es dauerte nur eine Sekunde. Julia fasste sich und akzeptierte es im nächsten Moment. Sofort tat es mir leid, so abweisend gewesen zu sein, sie vielleicht endgültig abgewiesen zu haben. Im nächsten Augenblick kam mir das Spiel, mein Spiel, kindisch vor. Die Sequenz hatte nicht länger gedauert, als Julia brauchte, um das Veloschloss zu öffnen. Trotzdem kulminierte unsere Beziehung und deren ungewisse Zukunft. Unser zwiespältiges Verhältnis war darauf hinausgelaufen, dass beide nicht mehr wussten, was sie voneinander wollten. In einer Sehnsucht nach grossen Gesten, die sich in der Luft verwarfen.

Als Julia gegangen war, lungerte sie weiterhin in meinen Gedanken. Ich besetzte ein Haus, sie besetzte meinen Kopf. Ich konnte nicht aufhören, an sie zu denken. Sie klebte als Saugnapf an meiner Schädeldecke. Ich überlegte, ob meine Obsession die Ursache dafür war oder ob umgekehrt ich das erlebte, weil Julia derart intensiv an mich dachte. So stark, dass ich ihr Nachdenken über die Entfernung körperlich und physisch empfand. Wie damals am See, als sie mir zum ersten Mal aufgefallen war und ich ihre Blicke förmlich auf der Haut gespürt hatte. Stand ich mit Julia in telepathischem Kontakt, empfing sie meine Gedanken?

Im Zuge meiner ontologischen Untersuchungen war ich auf den Aufsatz eines britischen Philosophen gestossen. Er behauptete, unser Universum sei mit hoher Wahrscheinlichkeit bloss die Simulation einer höher entwickelten Zivilisation. Denn auch wir könnten auf unseren primitiven Rechnern schon das Verhalten von Atomen berechnen, warum sollte es dann nicht möglich sein, ein geschätztes Googol Atome zu einem Kosmos zu simulieren. Was möglich ist, würde auch gemacht. Dass wir die Ersten waren, sei unwahrscheinlich. Gesetzt den Fall, unser Universum sei eine Simulation, stellten sich mir dazu einige Folgefragen. Konnte eine bewusste Spezies wie die der Menschen eingreifen, potenzielle Fehler des Programms ausnutzen? War das die sogenannte Magie? Ja, konnten die Charaktere dieser Simulation miteinander chatten, über arbiträre Distanzen hinweg, die es in Wirklichkeit gar nicht gab? So wie ich es aus dem massiven Mehrspieler Netzspiel kannte, wo es für das Austauschen von Nachrichten einerlei war, ob zwei Avatare direkt nebeneinander oder jeweils am anderen Ende der Weltkarte standen. Ich nahm meine Betrachtungen besorgt zur Kenntnis. Anscheinend war mir eine Sicherung durchgebrannt. Ich stellte infrage, ob ich Hände, einen Körper hatte.

Gleichzeitig war ich fasziniert von diesem neuen Forschungsfeld. Warum sollte ich es nicht empirisch erheben und alle Möglichkeiten in Betracht ziehen? War das nicht Teil meiner philosophischen Studien? Die Messung wurde dadurch erschwert, dass ich entschieden hatte, den Kontakt zu Julia zu reduzieren. Vor allem wollte ich ihr meinen Wahnsinn nicht enthüllen. Daher konnte ich sie nicht fragen, ob sie viel an mich dachte. Ob sie es zugegeben hätte, wäre es so gewesen, zweifelte ich an. Umso hartnäckiger wütete sie in meinem Oberstübli, riss die Tassen aus dem Schrank. Ich stritt mit Julia, ohne dass sie da war, stritt mit mir selbst, haderte in einem verpuffenden Selbstgespräch. Ich durchstreifte das besetzte Areal. Der Wagenpark, der immer weiterwuchs, schien tatsächlich einem Endzeitszenario zu entstammen. Holzplanken und Elektrogeräte, Kabel und Generatoren wucherten unter den Lagerdächern hervor.

Familie Küchli veranstaltete eine grosse Einweihungsfeier. Kraft reinen Vorstellungsvermögens beschwor ich einen riesigen Schutzschild um den gesamten Bereich, damit niemand zu Schaden kam. Das kostete mich viel Energie. Eine Menge Leute strömte an. Es gab Konzerte, Essstände, selektive Führungen, Diskussionsgruppen, Einführungskurse ins Fermentieren von Gemüse. Ich irrte in der Masse der Gesichter, die meinen Kreuzgang verstellten, und suchte Julia. Bald begann es entgegen meinen Anstrengungen zu nieseln, und ich zog mich in mein Zimmer zurück. Dort legte ich mich ins Bett, starrte die Decke an und fürchtete um meine nackte Existenz.

7

Am nächsten Wochenende war eine Poolparty angesagt. Marc hatte eine Baumulde angeschleppt. Marc wohnte ebenfalls im blauen Haus und war bildender Künstler. Eines seiner früheren Werke hatte darin bestanden, kurz vor dem Auszug die versiffte Besetzerküche komplett mit Goldfarbe einzusprühen. Inklusive Geschirr und Essensresten, was intern Kontroversen auslöste. Im neu besetzten blauen Bürogebäude hatte Marc einen sonst unbenutzten Parterre-Raum zur Kunstgalerie deklariert. Er hatte unbedingt gewollt, dass ich ihm beim Weissstreichen half, aber ich war nicht so motiviert. Er imaginierte einen Weisswürfel, in dem wechselnde Ausstellungen mit aufstrebenden oder noch aufzustrebenden Künstlerinnen und Künstlern des Untergrunds stattfinden sollten. Er strich den Raum allein und organisierte die erste Vernissage.

Marc füllte die Baumulde mit Wasser. Das war der Pool. Die Leute waren hip und lässig, interessierten sich für Kunst oder gerade nicht, taten aber so oder gerade nicht. Ich hatte wie meistens einen Kater. Marc bot mir ein Bier an, was ich ablehnte. Ich sagte, dass ich mich nicht so gut fühle. »Na, dann ab ins Wasser«, sagte er. Lisa war auch da und schon im Pool. Die Sonnenbrille auf, hing sie mit den Armen am Rand und lachte mich an. Sie und Noah machten gerade eine Beziehungspause. Lisa und ich hatten uns am Abend davor, als alle schon gegangen waren, auf der Tanzfläche geküsst. Ich zog mich bis auf die Unterhose aus und stieg in die Mulde. Das Wasser war kalt, kälter, als ich gedacht hatte. Ein Gartenschlauch führte ständig Neues hinzu. Ich schaute Lisa an, das glitzernde Wasser in der rostigen Mulde. Auf einmal kam mir alles so leer und sinnlos vor. So oberflächlich und verlogen. Ein Gefühl immenser Verlassenheit befiel, überfiel mich. Die Sonne spiegelte sich im gerippten Wasser, und es entglitt mir. Plötzlich fand ich keinen Halt mehr. Ich schaute meine Hände an, die sich wie von selbst bewegten. Im Wasser hin und her.

Ein grenzenloses Nichts überwältigte mich mit blinder Kraft, entkoppelte mich von der Realität, trennte mich von mir ab. Was war die Mulde, was war der Rost, wer war Lisa, wer war ich? Eine Folie schob sich zwischen mich und die Wirklichkeit und verkrümmte meine Sicht. Wessen Arme wedeln hilflos da durchs Wasser? Hatte ich mich selbst verloren? Eine Verzweiflung zerrte an mir, die mich verschluckte, mit Haut und Haaren zu sich nahm. Ich fiel durch alle Netze, die mich sonst verankerten, schlug und schlug hindurch. Kein Silberfaden fing mich auf. Etwas hatte nachgegeben. Ich fühlte mich so endlos einsam, als gäbe es nichts auf dieser Welt. Im Flug durch eine Leere, die kein Ende kennt. Fremd läppelte das Wasser an meiner Brust. Ich spürte es nicht mehr. Von aussen schaute ich mir zu, wie ich aus der Mulde stieg. So konnte es nicht weitergehen. Das war der einzige klare Gedanke, den ich zu fassen vermochte. Ich zog einen Stoff, der eine Unterhose war, über Beine, die vielleicht meine waren.

Mit dem öffentlichen Verkehr fuhr ich in die Notaufnahme des Universitätsspitals Zürich. Jemand, anscheinend ich, ich musste es gewesen sein, verlangte am Schalter nach einem Psychiater. Sofort. Gebeten, sich zu setzen und ein Formular auszufüllen. Neben mir hockt jemand mit dem Arm im Gips. Ich kreuze die Antworten an, als wäre es eine Prüfung. Lange, lange muss ich im gläsernen Vorzimmer mit der schrecklichen Neonröhrenbeleuchtung warten. Werde aufgerufen, passiere endlich die weisse Flügeltür ins Spital. Bin geborgen, bin gerettet! Der Notfallpsychiater setzt sich mit mir hinter eine aufgestellte graue Trennwand. Ein grüner Kaktus oder etwas in der Art steht auf einem kleinen Tischchen zwischen uns in diesem offenen Raum. Schon zweifle ich an meiner Rettung. Der Psychiater stellte mir einige Eingangsfragen.

»Trinken Sie Alkohol?«

»Ja.«

»Nehmen Sie Drogen?«

»Nur Haschisch.«

»Nichts anderes?«

»Schon länger nicht mehr.«

»Was bedeutet es, wenn ein Apfel nicht weit vom Stamm fällt?«

»Ich verstehe die Frage nicht. Was soll es bedeuten? Man sagt, ›Der Apfel fällt nicht weit vom Stamm‹, als Sprichwort. Damit ist gemeint, dass die Kinder den Eltern gleichen.« Wollte er etwa sagen, kein Wunder, dass ich so herausgekommen bin? Später fand ich heraus, dass Menschen mit einer Psychose sprachliche Bilder nicht mehr im übertragenen Sinne, sondern nur noch wörtlich verstehen. Ich hingegen verstand die Welt als Wort. Der Notfallpsychiater riet mir nach der Sitzung, keine Drogen mehr zu nehmen, auch keinen Alkohol mehr zu trinken.

Wir sahen uns eine Woche lang jeden Tag für eine Stunde. Ich erzählte ihm von meinen Gedankenexperimenten. Der Notfallpsychiater erstdiagnostizierte mir eine Psychose. Er riet mir, einen Psychiater zu suchen. Ich war enttäuscht. »Kann ich nicht bei Ihnen bleiben?«, fragte ich. »Nein«, sagte er, »das biete ich als

Notfallpsychiater nicht an. Schauen Sie sich um, Sie finden bestimmt eine geeignete Person. Sonst melden Sie sich wieder.«

Ich besuchte drei Psychiater für eine Probesitzung. Nur Männer. Ich hatte ein Männerproblem. Der erste sass vor einer kolossalen Bücherwand in seiner Praxis am Zürichberg. Er hörte mich eine Weile an, dann räsonierte er über die wohlstandsverwahrloste Jugend und dass meine Generation nichts mehr antrieb. Der zweite hörte mich praktisch gar nicht an, sondern wollte mir gleich Medikamente verschreiben. Er kniff die Augen zusammen und die Finger um die Nasenwurzel, wie jemand macht, der schon wieder vor demselben Problem steht. Der dritte befand sich in einer Gemeinschaftspraxis mit einem Vater eines Gymnasialkollegen von mir. Allein deswegen konnte ich unmöglich nochmals dorthin. Im Gegensatz zu den anderen beiden schaffte er es auch nicht, die Probesitzung über die Krankenkasse abzurechnen.

Ich nahm nochmals Kontakt zum Notfallpsychiater auf. Er überwies mich ins Ambulatorium der Psychiatrischen Universitätsklinik zu Herrn Doktor Taust. Der junge Oberarzt nahm mich ernst. Ich hatte das Gefühl, er interessiere sich genuin für mich und wolle mir helfen. In den ersten Sitzungen weinte ich viel. Ich erzählte von meiner Familie und mir. Von unseren gemeinsamen Essen auf der Terrasse an der Trittligasse, von meinen Vätern Henry und René, von meiner Mutter Donatella, von meinen Geschwistern Paolo, Vanille und Stella. Von der Scheidung, als ich ein kleines Kind gewesen war. Von meinem Abstecher in die Hölle und was ich dort gesehen hatte. Wie ich geglaubt hatte, telepathisch mit Julia kommunizieren zu können, wie ich gedacht hatte, vielleicht sei ich eine Spielfigur in einer virtuellen Welt.

Ich sprach auch vom Grundsatzstreit in der Philosophie über die Rechtfertigung a priori. Ob es ein dem Menschen angeborenes Denkvermögen gebe, das sich selbst rechtfertige, weil der Mensch gar nicht anders denken könne. Oder ob sich der Verstand nicht viel mehr durch die Erfahrung konstruiere, wobei sich die angesammelten Glaubenssätze gegenseitig stützten. Während ich ihm all das erzählte, wurde mir plötzlich etwas klar. Das Leben ist nicht absurd, es ist nicht originell. In Wahrheit ist alles ganz anders.

Ich verriet Doktor Taust auch meinen Wunsch, an die Schreibschule zu gehen. Er ermunterte mich, das Dossier früh vorzubereiten und rechtzeitig einzureichen. Unter den Umständen meiner Krankheit konnte ich nicht mehr länger im besetzten Haus wohnen. Zu viel lenkte mich hier ab und erinnerte mich an die belastende Vergangenheit. Ich kam in einer befristeten Wohnung einer Stiftung für preisgünstiges Wohnen unter, die ich in drei Monaten wieder verlassen musste. Die Stiftung wollte das Dach und das gesamte Gebäude sanieren. Obwohl ich der Magie entsagt hatte, beschwor ich in der leeren Wohnung einen Schutzkreis, den ich in jede Ecke spannte. Im blauen Haus packte ich meine Sachen. Sie passten in zwei Rucksäcke. Die Matratze, die ich nur aus dem Besetzerfundus geborgt hatte, liess ich liegen, den behelfsmässigen Schreibtisch liess ich stehen. Er bestand aus einer ausrangierten Tür auf zwei Böcken. Sonst hatte ich keine Möbel. Für einen Moment stand ich da, bepackt, Rucksäcke vorne und hinten, und schaute die minimalistische Einrichtung an. Ich wusste, ich würde nicht mehr zurückkommen. Noah sass unten allein auf einer Schaukel. Ich verabschiedete mich. Er hob die Hand zum Gruss. Es fühlte sich wie das Ende einer Ära an.

Wie ich zu meinem Reichtum kam

I

Meinen Eltern sagte ich nichts von meiner Therapie. Als Ärztetochter glaubte Donatella, wenn man zum Arzt müsse, stehe es sehr schlecht um einen. Ich konnte mich trotzdem auf ihre Unterstützung verlassen, denn die Krankenkassenrechnungen wurden weiterhin an die Trittligasse geschickt. Ich rief Donatella an. Sie erzählte mir vom Tag meiner Geburt. Die Sonne hatte geschienen, die Apfelbäume hatten geblüht, es hatte geregnet, geblitzt und geschneit, alles an einem Tag, alles auf einmal. Ein Chaos, Durcheinander, intensiv und gewaltig. Über die Rechnungen sprachen wir nicht. Ohne die stillschweigende Hilfe wäre ich in dem Moment wohl unwiederbringlich untergegangen. Ich lebte vom wenigen Geld, das ich noch übrig hatte, und von dem Taschengeld, das neuerdings hälftig die Trittli- und die Florhofgasse bezahlten.

Zunächst traf ich Doktor Taust einmal die Woche. Er bestätigte mir, dass es für den Moment das Beste war, wenn ich mich aus der ambivalenten Beziehung mit Julia zurückzog. Nachdem ich sie einige Zeit nicht mehr gesehen hatte, liess auch die telepathische Kommunikation nach. Ich träumte jedoch weiterhin jede Nacht von Julia und dachte sehr oft an sie. Als ich nach einem Monat kaltem Entzug einigermassen beieinander war, verlegte Doktor Taust die Therapiesitzungen auf einen zweiwöchentlichen Rhythmus.

Er riet mir zu einer Reise. Um eine Zäsur zu setzen und mich für neue Eindrücke zu öffnen. Schon seit Jahren wollte ich Riga besuchen, eine Hafenstadt am Baltischen Meer. Am Hauptbahnhof Zürich löste ich ein Europabillet, mit dem ich an vier Tagen frei reisen konnte. Zuerst fuhr ich mit dem Zug nach Prag. Ich schleppte meinen Rucksack durch die erdrückende Hitze, registrierte die spitzen Türme, die in den Himmel stachen. Zum Glück erinnerte ich mich an Otakar und verabredete mich. Otakar war während des Prager Frühlings mit seiner Familie in die Schweiz geflohen. Er hatte in Zürich einen Verlag für Kinderbücher gegründet, die mich in meiner Kindheit begleitet hatten: *Gold für König Otakar* oder *Die Blumenstadt*. Ich traf ihn in einem noblen Café in der Innenstadt, direkt bei der zentralen Brücke. Plötzlich brach ein Gewitter los, und es schüttete aus vollen Kübeln. Ich fand einen Unterstand und bewunderte die opulente Architektur. Prag als die Heimatstadt europäischer Magie strahlte für mich etwas Geheimnisvolles und Vielversprechendes aus.

Otakar war eine mächtige Erscheinung. Er sass schon an einem der Marmortische und war wie immer gut gelaunt. Er polterte: »Wie geht es Henry? Ah, Henry, schon lange nicht mehr gesehen.« Er bestellte einen Happen nach dem anderen. Ich berichtete aus Zürich und fragte ihn über die Entstehungsgeschichte des Verlages aus. Er und sein Freund Štěpán, der Kinderbücher schrieb und illustrierte, sahen es damals als eine Notwendigkeit. Nachdem die Rote Armee in der Stadt einmarschiert und den Aufstand blutig niedergeschlagen hatte, beschlagnahmte sie das Vermögen der Familie. Otakar ging ins Exil. Von Zürich aus wollte er der Brutalität etwas entgegensetzen. Mit Bildern, Illustrationen, Geschichten für Kinder zum Träumen. Viele der besten Bücher aus dem Programm sind heute vergriffen.

In einem Netzcafé schrieb ich eine Gruppe junger tschechischer Künstler an, die ich im besetzten blauen Haus kennengelernt hatte. Immer wieder hatten bei uns reisende Gäste übernachtet, und nun hiessen sie mich herzlich und selbstverständlich willkommen bei sich. Ich schlief auf dem Sofa im Wohnzimmer der WG. Sie gaben mir Tipps für die Stadt. Ich fuhr bloss mit dem Tram an den fürstlich satten grünen Parkanlagen vorbei. Das warme Licht eines späten Sommernachmittags, eingerahmt durch geöffnete Wagenfenster, spliss den alten Holzlack der Waggons. Wie ich auf den Gleisen rundum durch Prag ratterte, dachte ich über das Denken nach, dieses seltsame Wesen.

War es denn nicht vollumfänglich menschlich? Ist nicht das menschliche Denkvermögen den Menschen anheim, als dass es uns unmöglich ist, anders als Menschen zu denken? Eine Ecke, um die wir nicht schauen können. Nur die Regeln und Weisen dieses menschlichen

Verstandes vermögen wir zu erkennen. Das ist, was wir Logik nennen. In der Gemeinschaft überprüfen wir und stellen fest, dass auch die anderen zu nichts anderem imstande sind. Die Gemeinschaft säumt die Grenzen unserer Welt. Diesen Saum passen wir laufend an, doch wir können nicht alles auf einmal bezweifeln. Es bliebe keine Sprache, mit der wir in die Leere greifen. Alles infrage stellen, aber für die Frage braucht es eine Sprache. Auch so ist uns immer ein Rest der Naht erhalten. Ich war im Tram durch Prag bis zum Ende des Denkens und zurück gereist.

Als ich am Abend wieder in die Wohnung kam, war eine Party im Gange. Ein bucklicht Männlein sass auf meinem Bett, dem Sofa. Es war eine bekannte Figur der Zürcher Kunstszene. Kaum hatte ich mich ein bisschen aus den Fesseln der Heimatstadt gelöst, war sie mir schon auf den Fersen. Ein zufälliges Wiedersehen, wir redeten Schweizerdeutsch. Ich erzählte von meiner geplanten Reise, und er gab mir einen Hinweis. Ich solle einen Zwischenstopp in Berlin einlegen, er setze mich mit einem spannenden Projekt in Kontakt. So gelangte ich in die brandenburgischen Wälder.

Als ich an den schlammigen Ufern des Grabowsees ankam, fand gerade die Einführung statt. Es ging darum, auf dem Gelände einer ehemaligen Heilanstalt ein Kunstdorf aufzubauen. Vielleicht zwanzig junge Menschen sassen an Festbänken. Ich erfuhr, dass ich ein Zelt hätte mitbringen müssen, da wir im Freien übernachteten. Zwei Jungs bauten währenddessen im Hintergrund an einem Pizzaofen. Der Vorhof wurde eingefasst von zwei baufälligen Baracken. Wir waren völlig frei und durften basteln, zeichnen, malen, was wir wollten. Es wurden keinerlei Einschränkungen gemacht. Die einzige Vorgabe war, dass es in zehn Tagen eine Eröffnungsfeier geben würde. Ich lehnte mich zu meiner Sitznachbarin und sagte, dass ich weder Idee noch Zelt hätte. Sie lachte und lud mich zu sich ins Zelt ein: »You can stay with me and my friend Olivia.« Ich nahm das Angebot dankend an. Grace war Engländerin, die in Berlin lebte und malte. Ihre Schwester war im Organisationsteam und hielt gerade eine Rede zur Sicherheit auf dem Gelände. Von gegenüber lächelte Olivia mir zu. Ich wurde sofort nervös und hatte wieder diesen guten alten Kloss im Hals. Ich fand Grace und Olivia beide sehr hübsch.

Nach der Einführungsinformation zeigte mir Grace das Zelt, und ich legte meine Sachen ab. »You can sleep on this side, next to me. Not between Olivia and me!«, rief sie aus und lachte. Ich war erleichtert. Es hätte eine von innerer Unruhe schlaflose Nacht für mich garantiert. Für das Abendprogramm waren verschiedene Kurse angesetzt. Ich entschied mich für die Meditation. Wir versammelten uns auf einem Steg am Wasser. Die herbstliche Dämmerung legte einen Nachtschatten auf die neugierigen Gesichter. Wir bildeten Zweiergruppen. Es lief darauf hinaus, dass wir uns gegenseitig einseiften, nackt, mit Wasser abspülten und mit einem Tannenzweig sanft abklatschten. Zwischendurch sassen wir im Schneidersitz und spürten die Natur. Mir fröstelte.

Anschliessend versammelten wir uns um eine Feuerstelle im Wald. Es war dunkel geworden, tiefes Schwarz, wie es nur in einem nordeuropäischen Wald finster werden kann. Ich erzählte, dass ich früher bei Dichterwettkämpfen mitgemacht hatte, und wurde nun genötigt, einen Text vorzutragen. Ich sagte den einzigen Text auf, den ich auswendig kannte. Er war nicht von mir, sondern von einer mysteriösen Figur namens Thompson, die von der Bühne verschwunden war. Mit sechzehn war ich dermassen fasziniert davon gewesen, dass ich den Text immer noch grossteils im Kopf hatte.

Ich brachte nicht mehr das gesamte Gedicht zusammen. Die meisten sprachen gar kein Deutsch, darum war es nicht so schlimm. Das Feuer flackerte in ihren Gesichtern. Sie hörten gebannt zu, als ich auf den Schluss zusteuerte und die letzten Zeilen rezitierte: »Doch wenn die Nacht / mich schlafen heisst, / kommt ein Alb, / der Schäflein reisst / und mich blutend durch die Träume schleift, / wo über mir dein Antlitz kreist, / ich kralle mich ans Licht, / damit ich seh, was wirklich ist. / Will vergessen, nur vergessen, / bin erschöpft, doch wie besessen, / geh ich weiter, immer schneller, / kann vor intellektueller Aufgeblähtheit nicht geniessen, / hock in dunklen Verliesen, / wo mein Herz im Stechschritt geht, / wo sich alles um mich dreht, / Zeit, ich brauche Zeit, / hier wird mit jedem Schritt ein Stück von mir der Unterwelt geweiht, / nur Zeit, wer leiht mir Zeit, / und wer verzeiht mir diesen Totentanz, / ich bin bereit, jetzt umzukehren, / ich brauche nur, ich brauch doch nur ein wenig Zeit.«

2

Ich fand meinen Weg zurück zum Zelt von Grace und Olivia, die an einem anderen Kurs teilgenommen hatten und bereits schliefen. Ich putzte mir die Zähne in der Wiese stehend und betrachtete die Sterne. Es war friedlich. Alles war gut. Ich kroch durch den Eingang und deckte mich mit meiner Jacke zu. Einen Schlafsack oder ein Mätteli hatte ich auch nicht dabei. Ich bettete mich, so gut es ging, und schlummerte weg. Mir träumte eine luzide Vision. Ich stand auf einer hohen Plattform über den Wolken. Plötzlich begriff ich in stechender Klarheit, dass ich reich war. Mich umfing ein Gefühl der allumfassenden Wärme und Geborgenheit. Meine existenzielle Angst war weggeblasen. Ich verfügte über ein unermessliches Vermögen. Es wurde in einem riesigen Tresor aufbewahrt, über den ein Drache wachte. Um das gigantische Tor aufzuschliessen, brauchte man sieben Schlüssel von sieben Vertrauten. Von der Plattform überblickte ich das Land bis in weite Ferne und sprang. Ich flog, glitt, tauchte nieder, stürzte auf den Boden und prallte ab. Ich spickte hoch wie ein Gummiball und raste durch die Luft. Ich fühlte mich unendlich frei und glücklich. Was meinen Reichtum ausmachte, das konnte ich im Traum nicht ergründen. Ich spürte es nur, wusste es tief in meiner Seele. Ich war abgesichert und musste mir keine Sorgen mehr machen, durfte durch die Lüfte sausen und turnen, so viel ich wollte.

Als ich am nächsten Morgen aufwachte, schliefen Grace und Olivia neben mir. Ich blieb still auf dem baren Boden liegen und dachte über den Traum nach. Ich wollte dieses Gefühl unbedingt behalten, aber bald wurde mir klar, dass ich nicht reich war. Die Zukunftsangst kroch mit dem Tau vom Fussende meinen Körper hoch. In zwei Monaten musste ich in Zürich schon wieder eine neue Unterkunft finden. Langsam gingen mir die Ideen aus. Ich dachte an Paolo und meine Schwestern Vanille und Stella. Wie gross sie geworden waren. Paolo würde selbst bald die Matur abschliessen. Ich hoffte, er hatte mein Fernbleiben von der Trittligasse verkraftet. Vanille entschied sich gegen das Gymnasium. Sie interessierte sich für Fotografie, was Henry enorm stolz machte. Stella wollte an die Handelsmittelschule. Ich dachte an mein liebes kleines Sultanbüsi, das ich schon so lange nicht mehr gesehen hatte.

Als Olivia aufstand und das Zelt verliess, schloss ich die Augen und stellte mich schlafend. Grace drehte sich zu mir, und ich spürte ihr Knie in meinen Schenkel drücken. Ich wandte meinen Kopf zur Seite und schaute sie an. Mit verschlafenem und glasigem Blick sagte sie: »This is my boyfriend's tent. I'm sorry, but I can't, it would be weird.« Ich war froh um Grace' Direktheit und gleichzeitig ein bisschen enttäuscht. »It's okay, I understand«, sagte ich.

Mein Kunstprojekt bestand in LED-Leuchten, die ich in Einmachgläser knapp unter der Wasseroberfläche versenken wollte. Ich machte einige Tests, aber es kam nie so heraus, wie ich mir das vorgestellt hatte. Auch wenige Zentimeter des trüben Wassers verschluckten die kleinen Leuchten fast komplett. Etwas anderes fiel mir nicht ein. Ausserdem hatte ich mir Riga als Ziel vorgenommen. Ich wollte nicht schon an der zweiten Station scheitern. Ich dokumentierte meine halb fertige Arbeit, so gut es ging, mit der Digitalkamera. Der Auftritt am Lagerfeuer von letzter Nacht lebte nur in der Erinnerung des Publikums. Das war auch das bessere Aufbewahrungsmittel. Die Speicherkarte mit den Fotos dieser Reise verlor ich unterwegs.

Grace war traurig, als ich bereits nach drei Tagen meine Abreise ankündigte. Sie probierte, mich zum Bleiben überreden, aber ich wollte weiterreisen. Grace und Olivia begleiteten mich zur Busstation. Auf dem Weg alberten wir herum und schnitten Grimassen.

Mit dem Zug fuhr ich von Berlin-Hauptbahnhof nach Warschau, wo mich ein kolossaler Sowjetbau begrüsste. Der eckige Turm reckte sich imposant in die Höhe. Ich verbrachte nur eine Nacht in dessen Schatten. Mit einigen Mitbewohnern und Mitbewohnerinnen der Jugendherberge zog ich saufend durch die mit Kopfstein gepflasterten Gassen. Das kannte ich gut von zu Hause. Ein grosser Unterschied war, dass die Warschauer Altstadt im Zweiten Weltkrieg von den Deutschen komplett zerstört worden war. Was brennbar war, hatten sie angezündet, was Stein war, in die Luft gesprengt. Originalgetreu nach alten Plänen und Illustrationen wurden zumindest die Fassaden wiederaufgebaut, was den Strassen einen seltsam künstlichen, aber aufregend knalligen Anstrich verlieh.

Und ich hatte einen solchen Lebenshunger, den manche gefährlich nannten. Ich stürzte die Becher mit starken Armen. Schon seit der Pubertät hatte ich einen guten Bizeps gehabt, ohne etwas dafür zu tun. Jemand machte ein Foto von unserer Gruppe und stellte es ins Netz. Ich habe die Augen geschlossen, selig betrunken, das Bier in der Hand. Es gefiel mir, weil ich die Leute nicht kannte und doch sofort verbunden war. Frühmorgens fand ich mich mit halb betäubten Gliedern in einem Stockbett der Jugendherberge mit einer Kumpanin. Sie hatte mich auf dem Flur abgepasst, als ich zum Schlafsaal torkelte. Das Kondom riss. Es war vom Transport im zerdrückten Necessaire strapaziert.

Nach wenig und unruhigem Schlaf begleitete ich am nächsten Tag meine Partnerin ins Spital für die Pille danach. Sie machte mir latent Vorwürfe wegen meiner Fahrlässigkeit. Ich wartete auf einem der festgeschraubten Plastikstühle vor dem Sprechzimmer. Als wir zurückkehrten, warf uns die Rezeptionistin der Herberge verstohlene Blicke zu, schliesslich hatten wir sie nach der Adresse der Klinik gefragt. Sie wusste ganz genau, was wir verbrochen hatten.

3

Hier endete das normspurige europäische Schienennetz. Es ging weiter per Fernbus. Für Riga hatte ich einen Sofaschlafplatz bei einer fremden Person gefunden. Boris war ein junger Lette, der mir freundlich Instruktionen gab, wo wir uns treffen sollten. Der Bus fuhr die Nacht hindurch. Das Wetter wurde langsam kalt. Wir hielten eine Stunde in Vilnius. Ich hörte durch die Scheiben gedämpft Männer draussen reden. Beim Sprechen dampften sie aus dem Mund. Mein Kopf lag auf dem kleinen braunen Vorhang, der zu einer Wulst gebunden war. Jetzt bist du wirklich in Europa angekommen, dachte ich. Ich textete Boris, wann ich ungefähr am Busbahnhof sein würde.

Das Erste, was ich von Riga sah, war die geschwungene Eisenbahnbrücke aus Stahl, die über die Flussmündung führt. Das Zweite war ein Wiedersehen mit dem beinahe identischen klotzigen Hochhaus, wie es auch in Warschau am Bahnhof steht. Die uniformen Gebäude posaunten einen sowjetischen Herrschaftsanspruch, der meinem anarchischen Gemüt gar nicht gut bekam. Boris arbeitete den Tag hindurch, und wir hatten uns erst für den Abend verabredet. In Riga war es bereits kühler und ich nicht gut vorbereitet. Ich ging auf die Suche nach einer warmen Jacke. Das hatte mir immer gefehlt. Nie war ich warm genug angezogen gewesen. Wenn ich schon im Norden bin, dachte ich, muss ich mich auch entsprechend kleiden.

Ich fand einen Laden für Winterjacken. Eine ältere Dame mit glitzerndem Silberschmuck an Ohren und Hals klärte mich in gebrochenem Englisch über die zahlreichen Vorteile von Lammfelljacken auf. Zum Beweis, dass es sich wirklich um echtes Fell handelte, zupfte sie einige Härchen aus dem Futter und hielt das Bündel an ein Streichholz. Es roch nach verbrannten Haaren. Die Jacke war heruntergesetzt. Zwar war es im Spätsommer noch nicht eiskalt, aber ich wollte nicht mehr frieren.

Boris lachte mich für die Jacke aus. Warum in Gottes Namen ich eine schwarze Lammfelljacke mit weissem Fell gekauft hätte. Ich fragte ihn, ob braun besser gewesen wäre. Auf jeden Fall, meinte er entschieden. Boris brachte mich zur Station. Er wohnte in einem Stadtteil ausserhalb des Zentrums. Wir fuhren in einem alten Eisenbahnwagen, der mindestens doppelt so breit war wie die Züge in der Schweiz. Die hölzernen Sitzschalen reihten sich zu sechst, drei auf jeder Seite des Mittelganges. Wir stiegen an einem Bahnhof aus, auf dessen Gebäude »ZOLITUDE« stand. »This is the name of the place?«, fragte ich Boris. Er nickte. Boris wohnte in Solitude in einem sowjetischen Plattenbau. Einer nach dem anderen standen sie und hoben sich von der orangefarbenen Abenddämmerung ab. Ich war extrem beeindruckt. Ich spürte die Einsamkeit unter der Haut. In Boris' Wohnung begrüsste uns seine Mitbewohnerin, die auf dem Sprung war. »Then I'll leave you two alone«, sagte sie und zwinkerte. Ich war immer noch völlig eingenommen vom Ort, an dem ich mich befand. Die Böden waren mit Laminat ausgelegt. Eine einzelne Birne ohne Schirm lampte im Wohnzimmer von der Decke. Ich schaute am grauen Gebäude hinab. Im Stockwerk darunter ragte ein Fahrrad mit dem Hinterrad zur Hälfte aus dem Fenster.

»You can sleep here on the couch«, sagte Boris, der darauf sass, und klopfte mit den Händen neben sich. Ich dankte ihm für die Gastfreundschaft. Ich dachte, dass ich mich einrichten würde, aber Boris machte keine Anstalten, das Sofa zu verlassen. Ich setzte mich neben ihn. Er schaute mich mit sehnsüchtigem Blick an. Boris fragte mich, ob ich auf Männer stehe. Ich verneinte. Er sagte, dann dürfe ich mich glücklich schätzen. Er sei Christ und glaube an Gott. Doch er käme von seinen sündigen Gedanken nicht los. Ich hörte zu. Er erzählte mir von seinem inneren Zwiespalt. Boris ging jedes Mal beichten, nachdem er mit einem Mann geschlafen hatte. Es tat mir sehr leid. Ich fühlte mich auch die ganze Zeit schuldig für mein Dasein, aber dafür trug ich alleine die Verantwortung. Er hingegen war geplagt von einer Doktrin seines Glaubens. Boris schwankte hin und her, die Kirche aufzugeben. Gleichzeitig konnte er nicht austreten, weil er Gott noch mehr liebte als Männer. Ich überlegte, ob ich es mit ihm treiben wollte, um zu testen, ob es mir gefiel, empfand es angesichts seiner verzwickten Situation aber als grausam. Ich wollte ihm keine falschen Hoffnungen machen.

Die Nacht brach herein in Solitude und schlich durch die Scheiben des sowjetischen Plattenbaus. Boris' blonde Haare wurden angestrahlt von der nackten Lampe. Der Rest seines Körpers verschmolz mit der Dunkelheit und dem schwarzen Sofa. Als wir eine Weile geschwiegen hatten, sagte ich, dass ich müde sei und mich gerne hinlegen wollte. »Of course, please excuse me for my long talking«, sagte er und stand auf. »You must think I'm crazy«, fügte er fragend hinzu. Ich verneinte nachdrücklich. Ich dankte ihm für seine Offenheit. Er wünschte mir Gute Nacht.

Ich schrieb Grace von meiner Begegnung mit Boris, und sie antwortete sofort. Sie ermutigte mich, zu Boris ins Zimmer zu gehen, aber ich mochte lieber nicht. Sie sagte, sie wäre gerne bei mir, und ich fand das äusserst reizend.

Ich schlief tief und fest. Am nächsten Tag tauschte ich im Geschäft die Jacke gegen dasselbe Modell in Braun ein. Ich sollte sie die nächsten zehn Jahre jeden Winter tragen und mehrmals bei Schneidern nachbessern lassen.

Ich fuhr weiter nach Tallinn, wo sich auf der Suche nach Ereignissen nichts ereignete, nahm die Fähre über die baltische See nach Helsinki. Dort kam ich bei Freunden von Freunden meiner Eltern unter. Ich wohnte im Gartenhaus. Die Familie fand mich sehr merkwürdig. Den ganzen Tag sass ich auf der sonnigen Veranda und probierte, die Eindrücke der Reise in Gedichten zu verarbeiten. Aber der Stillstand regte meine Gedanken bloss zu Stürmen im Wasserglas meines Nervenwassers an.

Als Dankeschön für die Gastfreundschaft kochte ich am Abend vor meinem Rückflug Spaghetti. Die Küche war modern, das Wasser sprudelte schnell auf dem Induktionsfeld. Wie ich die Nudeln hineingab, stieg eine Erinnerung an die Oberfläche, kräftig und entschieden wie die Luftblasen im kochenden Wasser. Wir waren auf einem Schulausflug in den Sportferien. Nicht nur wäre ich fast umgekommen, als ich bei der Nachtabfahrt mit dem Schlitten von der Fahrbahn abkam. Ich schleuderte gegen einen Baumstamm, dass es mir den Atem verschlug. Ich keuchte im Dunkeln. Bloss ein hagerer Strauch hatte den Aufprall gebremst.

An einem Tag war ich als Küchenhilfe eingeteilt gewesen. Kein Problem, dachte ich und verkündete mit voller Überzeugung: »Meine Mutter ist Italienerin und Köchin. Ich koche Pasta.« Ich füllte Wasser in die Pfanne, wuchtete sie auf den Glaskeramikherd und drehte die Hitze hoch. Aus irgendeinem Grund liess mir der Lehrer freie Hand, obwohl er nervös daneben herumschlich. Ich riss die Packungen auf und spienzelte in die grosse Pfanne. Bald verlor ich die Geduld und gab die Nudeln ins kalte Wasser. Jetzt rief der Lehrer hilflos aus: »Was zum Teufel machst du da!« Ich erschrak, aber liess mich nicht beirren. Ich wusste schliesslich, was ich tat. Auf dem schlappen Herd in der Baracke dauerte es trotz der mehr als tausend Meter über Meer ewig, bis das Wasser endlich kochte. Währenddessen waren die Spaghetti schön darin eingelegt und weichten sich langsam auf. Die Klasse murrte aus dem Saal. Ständig fragte jemand, wann das Essen endlich fertig sei, so lange habe Pasta noch nie gekocht. Als die Spaghetti dann mit der Sauce im Teller waren, schauten mich alle wortlos an. Es war eine ungeniessbare Masse, aussen klebrig und schleimig, innen kaum gekocht und mehr als bissfest hart. Jetzt, an der offenen Küchentheke, schien mir diese hochkommende Erinnerung wie ein schlimmer Traum aus Nemos Schlummerland, weit und fern und unwirklich.

4

Vanja lernte ich bei einer Lesung einer gemeinsamen Bekannten kennen. Wir kamen beim Bier danach ins Gespräch und verabredeten uns, nächste Woche eine Ausstellung zu besuchen. Vanja war sieben Jahre älter als ich. Sie hatte lange schwarzbraune Haare, walnussbraune Augen und war sehr gross gewachsen, mindestens zwei

Köpfe grösser als ich. »Das Land, in dem ich geboren wurde, gibt es nicht mehr«, sagte sie. Als Vanja drei Jahre alt gewesen war, flüchtete ihre Familie vor dem Zusammenfall und dem aufkommenden Krieg in Jugoslawien. Ihr Vater Zoran war Schlosser. In der Autofabrik hatte er einen wichtigen Posten bekleidet. Vanjas Mutter Milica hatte Jura in Belgrad studiert, dann aber abgebrochen. Vanja wuchs in Bern im Lorraine-Quartier auf. Viele Jahre in Zürich hatten ihre Berner Mundart getrübt, aber noch immer zog sie das E lang, wenn sie »Neeeeeeeeeeeii« sagte.

Vanja hüpfte in Zürich von Wohnung zu Wohnung. Sie mietete jeweils für einige Monate bei Leuten unter, die gerade eine Weltreise machten oder für einige Monate in einem anderen Land arbeiteten. Vanjas nicht wenige Besitztümer waren derweil bei Freunden im Keller eingelagert. Als Produktionsassistentin in der Werbebranche verdiente Vanja viel Geld. Damit hatte sie zwei Belgische Schäferhunde und eine Norwegische Waldkatze gekauft, die sie in die Obhut ihrer Eltern gab. Ich besuchte sie in einer grossen Wohnung an der Hafnerstrasse. Das eigentliche Mieterpaar wusste mit all dem Platz nicht, was anfangen. Ein Zimmer war als Puffzimmer designiert. Ich war verblüfft, dass es so was überhaupt gab. Vom Eckbalkon sah man auf die Gleise der Einfahrt zum Hauptbahnhof Zürich.

Vanja und ich kamen schnell zusammen. Schon nach zwei Wochen, auf dem Weg an die Trittligasse zum Nachtessen, klärten wir unseren Beziehungsstatus. Ich stellte Vanja als meine neue Freundin vor. Sie hatte mich dazu bewegt, mich mit meinen Eltern auszusöhnen und den Kontakt wieder aufzunehmen. Es wurde ein sehr lustiges und weingetränktes Abendessen. René erzählte von seinen Reisen an der jugoslawischen Küste. Donatella verdrehte die Augen, als er sagte: »In den kleinen Fischerdörfern dachten wir, wenn der Sozialismus irgendwo funktioniert, dann hier.« Wir tanzten zu einer von Renés Platten ausgelassen in der Stube. »Ich habe gar keine Lust, mit euch zu streiten«, sagte ich zu Donatella. Wir umarmten uns, bis wir ganz leicht und transparent wurden.

Vanja und ich mussten beide in einem Monat unsere jeweiligen Unterkünfte verlassen und suchten darum gemeinsam eine Wohnung. Zunächst fanden wir wiederum für zwei Monate einen ausgebauten Estrich mit offener Galerie beim Bahnhof Enge zur Untermiete. Hier begriff ich zum ersten Mal, warum Menschen viel Geld für schöne Möbel bezahlten. Von dort wechselten wir in eine kleine, aber hübsche Zweizimmerwohnung an der Universitätsstrasse. Wir durften ein Jahr bleiben, und es war billig. Da wir die Wohnung unmöbliert übernommen hatten, mussten wir selbst Möbel kaufen. Vanja wollte keine hässlichen Sachen. Davon hatte sie in ihrem Leben genug gehabt, sagte sie. Ich wusste nicht, woher ich die Mittel für meinen Anteil nehmen sollte. Ich arbeitete wieder im Service.

Jedes Jahr fuhren wir im Sommer zu Vanjas Eltern. Zoran und Milica waren nach der Pensionierung ins Städtchen zurückgekehrt, wo sie sich kennengelernt hatten. Sie kauften sich ein Stück Land, auf dem sie zahlreiche Hühner, Gänse, Tauben, Enten, vier Katzen und die beiden belgischen Hunde hielten. Neben dem kleineren Wohnhaus stand eine um einiges grössere Bauruine, die niemals fertiggestellt worden war. Dort lagerten Werkzeuge, Gerätschaften und in den Kühltruhen das Fleisch. Zoran brannte aus den Zwetschgen, die im Obstgarten üppig wuchsen, einen Schnaps, der einem schon von nur einem Gläschen die Sicht ein bisschen einschränkte. Den ganzen Tag sassen wir im Garten und tranken Türkisch- oder Fertigkaffee. Es kam wechselnder Besuch aus der Verwandtschaft. Auch wenn Zoran und Milica in der Schweiz nicht viel verdient hatten, hier waren sie mit dem Ersparten gut situiert.

Das erste Mal, als ich dort war, lag Vanjas Onkel Lola im Sterben. Wir hatten für ihn einen dicken Klumpen Haschisch ins Land geschmuggelt. Angeblich half das gegen den Krebs. Wir verabreichten es ihm als Flüssigkeit auf einem Löffel. Er hob den Kopf vom Spitalbett und lächelte uns an. Es würde schon helfen, übersetzte Vanja. Lola starb am zweiten Tag nach unserer Ankunft. Bannerträger in Tracht und mit farbigen flatternden Bändern um den Arm marschierten vor dem Sarg. Dahinter folgte ein langer Zug. Lola war sehr beliebt gewesen. Er hatte über Jahrzehnte eine Kaffeerösterei aufgebaut und einen kleinen Gemischtwarenladen geführt. Die Trauergäste warfen der Reihe nach je eine Hampfel Erde ins Grab. Auch ich. Beim Trauermahl im Gemeindesaal wurde ein Gedeck frei gelassen. Für Lola schöpfte seine Schwester Milica Suppe in den Teller.

Ich war mit einer unüberwindbaren Sprachbarriere konfrontiert. Zwar hatte ich ein Handbuch mitgebracht, aber war langsam im Lernen neuer Sprachen. Meine Lateinkenntnisse halfen mir nur eingeschränkt. Vanja übersetzte Schnappschüsse, aber die Gespräche gingen zu schnell, und sie wollte selbst mitreden. In der Isolation nagte ich hin und wieder am Haschisch, das für Lola bestimmt gewesen wäre. Es war in einem Schrank im Eingangsbereich des kleineren Hauses versteckt. Ich legte den Brocken immer wieder sorgfältig zurück.

Vanja kam bloss darauf, weil ich meinen heimlichen Gang zum Giftschrank in ein Gedicht einbaute, das ich ihr eines Abends vorlas. Es gab einen Riesenkrach. Sie erzählte es ihrer Mutter, in deren Gunst ich sofort unter den Gefrierpunkt sank. Ich schloss mich im Zimmer ein und rief weinend Donatella an. Die Verbindung war schlecht, sie verstand mich nicht. Nach einer Weile stiller Kontemplation stellte ich mich der Szene draussen im Garten. Ich entschuldigte mich bei Vanja und Milica für mein unsensibles Verhalten. Damit war es leider nicht getan. Vanja schwieg mich die nächsten drei Tage an, wie sie es auch sonst machte, wenn sie wütend auf mich war.

Um los und auf andere Gedanken zu kommen, fuhren wir mit dem Bus an die Küste Montenegros. Vanjas Eltern hatten dort nach dem Krieg eine Pension gebaut. Zoran hatte die Pläne für das fünfstöckige Haus eigenhändig gezeichnet. Steinerne Schnörkel zierten die Balkongeländer. Reben überwucherten die Pergola. Die Adria war klar und blau. Ich tauchte nach Seeigeln und fand Seesterne am Grund. Vanja redete wieder mit mir, wenn auch nur knapp und nur fürs Nötigste. In einem neu gebauten Luxushafen waren wir mit Ognjen verabredet, einem Ex-Freund Vanjas. Er arbeitete als Skipper für die reichen Jachtbesitzer.

Ognjen fuhr uns mit dem Auto hoch auf eine Klippe, wo wir das Meer und die Strände überblickten. Schnell und geübt drehte er eine lange, dünne Haschzigarette. Wir rauchten auf dem steinernen Mäuerchen, das die Terrasse säumte, im Schatten einiger durstiger Olivenbäume. Ich musste schon nach zwei Zügen abwinken, weil es mir, gepaart mit der Hitze und der Sonne, zu stark einfuhr. Vanja überreichte Ognjen den Rest des verhängnisvollen Klumpens und sagte, er solle ihn behalten. Auf dem Weg hinunter wurde mir angst und bang. Ognjen hatte die Zigarette praktisch allein geraucht und schnitt jetzt die bergigen Kurven hart.

Vanja beobachtete mein bleiches Gesicht und lachte herzlich. »Er kennt diese Strassen wie seine Westentasche«, behauptete sie. Ognjen lächelte mich im Rückspiegel an und drückte noch ein bisschen mehr aufs Gas. Ich hielt mich fest und sagte nichts. Ich konnte gar nichts sagen. Mein Mund war eingefroren, und wenn ich mit der Zunge über die Lippen strich, verzögerte sich die Zeit. Als wir am Abend wieder zu zweit waren und ich klarer beieinander, assen Vanja und ich in einem Restaurant eine Menge frischen Fischs. Wir schlenderten an der Strandpromenade des Badeortes nach Hause, und Vanja kaufte für uns Crêpes mit Eurocrem.

Bald kündigte Vanja ihren gut bezahlten Job und begann ein Studium der Kunstgeschichte. Sie lebte vom Ersparten, doch da sie nicht gerne sparte, war das nicht viel. Ich ging bei Doktor Taust in die Therapiesitzungen und informierte ihn über meine Fortschritte. Es schaute gut für mich aus. Zwar hatte ich einige Rückfälle, stürzte hin und wieder ab. Trank zu viel Alkohol, rauchte oder ass kleine Stücke Haschisch und blieb bis in die frühen Morgenstunden auf der Strasse. Vanja trieb mir diese Flausen und mein aufmüpfiges Verhalten aber bald aus. Sie wollte nicht so dahinvegetieren, wie ich es im besetzten Haus getan hatte. Das gute Leben war imperativ.

Zuerst brachte Vanja mir das Wäschewaschen bei. Bevor ich mit ihr zusammenwohnte, hatten sich meine Kleider einfach in einer Ecke des Zimmers getürmt, bis selbst ich es nicht mehr ignorieren konnte. Dann brachte ich üblicherweise die Wäsche nach unten in die gemeinsame Waschküche, stopfte einiges in die Maschine und vergass sie während der nächsten drei Tage. Wenn es mir wieder in den Sinn kam, hatten die nassen Klamotten schon ordentlich gemottet. Also musste ich sie gleich nochmals waschen. Auf Farben und unterschiedliche Textilien gab ich keine Acht. Warum auch? Es war mir nicht wichtig, und es war mir nicht wertvoll.

Zum erfüllten Leben gehörten auch gewisse finanzielle Mittel. Nach Vanjas Grundkurs im Haushalt, der mich in die Zivilisation reintegrierte, begann ich, unnötige Ausgaben einzusparen. Ich reduzierte meinen Zigarettenkonsum. Immer wenn ich eine Zigarette rauchen wollte, rauchte ich einfach keine. Ich stand vor dem Deutschen Seminar der Universität Zürich und nippte an einem der vier Schlote, die ich mir pro Tag zugestand. Derart in meinem Willen gefestigt, zündete ich mir gleich noch eine Zigarette an. Ich rauchte zwei hintereinander. Das war weniger schlimm, als nur einmal zu scheitern. Bestimmt würde mir das Aufhören nach der nächsten Zigarette gelingen. Ich behielt immer eine letzte Zigarette in der Packung, die Glückszigarette. Es würde garantiert meine allerletzte Zigarette sein.

Peinlich genau rationierte ich meine Pausen. Am Morgen überprüfte ich die Anzahl der Glühstängel in der Packung. Es durften nur fünf in der Schachtel sein. Vier würde ich rauchen, die fünfte würde meine letzte Zigarette sein. Die erste rauchte ich gleich nach dem Aufstehen zum Kaffee. Ich stand jeweils auf dem kleinen Balkon zum Hof und trank Fertigkaffee, mit heissem Wasser verrührt. Dazu rauchte ich eine Zigarette, es gehörte sich einfach so. Die zweite gestattete ich mir um zehn. Es folgte eine lange Durststrecke, in der ich gar nicht rauchen durfte. Um fünf oder sechs Uhr belohnte ich mich für einen weiteren überstandenen Tag, und um zehn Uhr abends war keine Zigarette mehr übrig. Ich hatte schon wieder meine letzte Zigarette geraucht.

Am nächsten Morgen begann das Theater von vorne. Bis ich endlich begriff, dass es für mich einfacher wäre, gar nicht zu rauchen als nur wenig. Und es wäre erst noch billiger. Ich hörte von einem Tag auf den nächsten ganz mit dem Rauchen auf. Ich schaffte vier Monate. Dann kam es anders.

5

David starb. Er starb unerwartet und schnell. Kurz nach meinem zweiundzwanzigsten Geburtstag. Ich weinte um meinen Götti. Bei der Totenwache begann ich wieder zu rauchen. Nicolas bot mir eine Zigarette an. Ich hatte bisher keinen Menschen verloren, der mir seit meiner Kindheit so nahegestanden hatte. David war in seinem Schlafzimmer aufgebahrt, friedlich und ruhig. Ich hatte ihn mit Henry im Spital besucht. Henry sagte: »Verlass uns jetzt nicht.« David war von den Medikamenten stark abgemagert gewesen. Er lag auf dem Spitalbett, die Hand an der Aufrichthilfe, die über dem Bett baumelte. Er war zu schwach, Henrys Schmerzen etwas entgegenzusetzen, und zuckte bloss mit den Schultern. In Gedanken wünschte ich David gutes Geleit auf dem Weg hinüber. Ich nahm seine goldene Aura deutlich wahr. Henry sagte, ich solle sie schnell allein lassen. Beim Hinausgehen wünschte David mir ein schönes Leben. Mit Tränen in den Augen winkte ich zum Abschied, als würden wir uns bald wiedersehen.

Bei der Beerdigung umarmte ich Emil und Hannah und weinte. Sie teilten Blumen aus, die wir auf das Grab legten. Ich war die einzige Person, die nicht schwarz gekleidet war. Ich hatte damals keinen Anzug. Stattdessen trug ich meine einzige Übergangsjacke. Eine weiche rote Lederjacke aus dem anarchistischen Gratisladen. Ich denke, das hätte David gefallen. Die Trauerfeier fand im

Fraumünster statt. Bis in die hintersten Holzbänke war es gefüllt. Als die Menschen sich zum Gebet erhoben, erfüllte ein synchrones Scharren und Rascheln das Schiff. Ich verstand die tröstende Kraft der Kirche. Noch zehn Jahre später träumte ich an Davids Geburtstag, wir feierten diesen. David hielt eine Rede. Ich, in meiner roten Jacke, war zu spät gekommen.

Ich weinte sehr oft in jener Zeit. Wann immer ich an David dachte, weinte ich. Ich las nochmals das Buch, das er mir vor einigen Jahren mit der Widmung »Lieber Carlo, zum Lesen« geschenkt hatte. Der Rücken von *Zenos Gewissen* war schon ganz zerfleddert.

David vererbte mir, als sein Göttikind, fünfzehntausend Franken und einen Print. Im Grossmünster musste ich meinen Taufschein abholen, um seine Patenschaft zu belegen. Das Bild hängte ich über meinem Schreibtisch auf. Donatella sagte, das Geld sei dafür da, dass ich mir etwas kaufe, das mich an David erinnere. Das habe er so gewollt. Ich hatte nicht die Kraft dazu. Ich zehrte vom Geld, lebte davon, kaufte feine Lebensmittel für Vanja und mich. Bis fast alles davon aufgebraucht war. In letzter Sekunde erinnerte ich mich an etwas, das ich schon seit einer Weile hatte haben wollen. Es war ephemer wie Davids Geist. Es war ewig wie die Kunst. Es war wertvoll und so selten wie wirklich gute Kunst. Ich machte mich schlau.

Mit dem kleinen Rest von Davids Erbe kaufte ich eine Handvoll digitaler Münzen der grössten kryptografischen Währung. Ich hortete den verschlüsselten Zugang wie die Schätze meiner Kindheit. Ich selbst war der Drache aus meiner Vision, der auf dem Tresor mit sieben Schlüsseln sass. Nicht einmal Vanja erzählte ich davon und verschwieg es ihr viele Jahre. Ich war der Hüter über meinen Anteil an einer Zukunft, die keine Banken mehr benötigte. Wer ein netzwerkfähiges Endgerät besass, konnte die eigene Bank sein. Nachdem das Protokoll meine erste Transaktion bestätigt hatte, zog es mir den Ärmel rein. Ich las alles, was ich zum Thema fand, befasste mich tagelang mit nichts anderem, dachte beim Aufstehen und beim Einschlafen an die Verkettung kryptografischer Signaturen. Auch wenn ich die Mathematik nicht bis ins letzte Detail verstand, so war mir die Logik in groben Zügen zugänglich. Für mich war sofort klar, dass dies meine volle Aufmerksamkeit verdiente. Ich schaute die Preise schwanken, rauf und runter. Begann, in den als Kerzen dargestellten Bewegungen ein Muster zu erkennen. Ja, bald half ich mit, die Tagespreise zu gestalten, indem ich zärtlich die grünen Kerzen nach oben länger zog. Unter meinem fürsorglichen Blick schmolz das Wachs, heiss und weich, liess sich drücken, formen und aufwärtspumpen. Meine prallen, muskelbepackten Schenkel stampften auf den Boden, trieben die Kurse in die Höhe. Unerbittlich schob meine Stirn voran. Rückschläge steckte ich locker weg. Meine Überzeugung war unumstösslich, stählern, dreifach platinumverstärkt und mit einem extraterrestrischen Material legiert. War ich betrübt, dachte ich an meine Münzen und die gloriose Zukunft. Sie strahlten eine Wärme aus, die mich besänftigte und tröstete.

Um Davids Vermächtnis, mein digitales Gold, nicht anzutasten, hörte ich nochmals mit dem Rauchen auf.

Stattdessen begann ich, jeden Tag ein Gedicht zu schreiben. Ich nahm mir vor, während achthundert Tagen je ein Gedicht zu schreiben. Es durfte im Nachhinein nicht mehr bearbeitet werden, deswegen wählte ich die Schreibmaschine. Ich hatte jeweils vierundzwanzig Stunden Zeit, ein und nur ein einziges Gedicht zu schreiben. Misslang es mir, musste ich es am nächsten Tag besser machen. Das war für mich, der wirklich alles andere als diszipliniert war, eine enorme Übung in Disziplin.

Zusätzlich legte ich für jedes Hundert neue Formen fest. So schrieb ich hundert Gedichte, deren Strophen vier Zeilen hatten, hundert Gedichte im Blocksatz, hundert Gedichte, deren dreizeilige Strophen zwei Zeilen mit gleich vielen Zeichen hatten, hundert Gedichte mit doppeltem Zeilenabstand, hundert Gedichte, deren Worte an den Zeilenanfängen jeweils gleich viele Zeichen hatten, hundert Couplets mit vier Strophen, hundert Gedichte, deren Zeilenanfänge paarweise mit dem gleichen Buchstaben begann, und letztlich hundert Gedichte, deren Zeilenanfangsbuchstaben sich spiegelten, manche davon ergaben ein deutsches Wort. Zwischendurch verletzte ich die Formen. Etwa in der Mitte findet sich ein Sonettenkranz, jedoch ohne Sonette.

Zum Beispiel sah es so aus:

Stufenanstieg der Trompete. Melodie des Barden.

Trage die goldene Zeit am Handgelenk,

Geborgen. Es ist wahr: Bin ich

Morgen mit dem Wort im Mund

Geboren? Schreibe das Fragezeichen ganz oben,

Takte die Hammerschläge meiner Sprache. Stillhalten –

Keine Bewegung! Das ist eine Befragung.

Traktat in Sätzen. Klar, trompe l'oeil.

Die Mücke setzt mehrmals auf, bis

Der Fisch sie dem Flusslauf entreisst.

Ich träumte davon, das fertige, singuläre Originalmanuskript für hundert Franken pro Blatt zu verkaufen. Davon könnten Vanja und ich uns einige edle Möbel leisten. Bis es so weit war, schliefen wir auf Vanjas klapprigem Sofabettgestell, sammelten Schnäppchen oder fanden bei Atelier- und Büroräumungen teure Klassiker für umsonst. Ich las George Perecs *Die Dinge* und erkannte unser Leben darin leider nur zu gut wieder. Finanzen und Möbel – meine Fassung im Rahmen der bürgerlichen Ordnung hatte begonnen. Umso wilder, hoffte ich, könnte meine Literatur sein.

Vanja sah die Wohnung ausgeschrieben, aus der wir ein Jahr zuvor hatten ausziehen müssen und die sie geliebt hatte. Wir durchliefen ein Bewerbungsverfahren, bei dem wir sogar im Beisein der Verwaltung die

Eigentümerin von uns überzeugen mussten. Es fehlte bloss, dass sie den Altersunterschied zwischen Vanja und mir ansprachen und nach unserer Kinderplanung fragten. Das, obwohl der Mietvertrag wieder nur befristet ausgestellt wurde. Eine Tante in Amerika wollte vielleicht in Zukunft zurückkehren. Wir unterschrieben trotzdem. Als wir nach der Schlüsselübergabe allein in der leeren Wohnung waren, legte sich Vanja flach auf den Boden, küsste und umarmte das Parkett.

6

Beim dritten Anlauf schaffte ich die Aufnahmeprüfung an die Kunsthochschule. Vanja hatte mich in meinem Ansinnen bestärkt und an mich geglaubt. Sie half mir, im Motivationsschreiben nicht wie ein einsamer Napoleon zu klingen. Beim Eignungsgespräch war ich vor Nervosität brüchig wie eine Glasfigur, aber auch höflich und charmant. Als ich den Anruf mit der Zusage erhielt, war es, als erfülle sich ein Schicksal. Die Gänge des Supermarktes, in denen ich gerade für das Telefonat innehielt, wirkten fiktiv und überzeichnet. Ich gehörte jetzt zu den erlesenen fünfzehn Eleven, die jährlich das Schreiben erlernen durften.

Endlich hatte ich mir die externe Legitimation für mein literarisches Arbeiten eingeholt, eine staatliche Bestätigung, dass aus mir ein Schriftsteller werden würde. Ich war begierig, die magischen Sigillen zum Leben zu erwecken, den Dreck in Gold zu verwandeln. Mich in

Vollzeit mit den kopfcinematischen Beschwörungsformeln zu beschäftigen, die auf Papier gebannt von einem Nervensystem zum nächsten weitergereicht werden. Stand es nicht in meiner Macht, die physische Materie zu verhexen, so konnte ich doch immerhin meine Gedanken plastisch formen. Ich durfte schreiben. René verdrehte zwar die Augen und fragte, was ich an diesem bekloppten Institut verloren hätte. Donatella sagte: »Hör nicht auf ihn. Er möchte nur gerne selbst nochmals jung sein.«

Auf der Strecke Zürich–Biel passiert der Zug das Kernkraftwerk Gösgen. Tauchte es im Rank auf, gab ich mir jeweils grosse Mühe, es nicht mit dem bösen Blick zu belegen. Um nicht aus Versehen eine Kernschmelze auszulösen. Mit der Zeit gewöhnte ich mich daran. Einmal probierte ich absichtlich, einen Zwischenfall herbeizurufen. Intensiv starrte ich den dampfenden Wasserturm an, stellte mir die aufkommende Panik im Kontrollraum vor. Kurz vor der Katastrophe hielt ich inne und kam zur Besinnung. Nichts geschah. Der Zug fuhr weiter, ausser Sichtweite. Ich atmete auf und war erleichtert. Diese Verantwortung hatte ich nicht auf meinen Schultern zu tragen. Auch wenn Vanja und ich zu ihren Eltern flogen, plagten mich diese Gedanken. Ich konnte nicht umhin, mich darauf zu konzentrieren, das Flugzeug in der Luft zu halten. Rational war mir klar, dass nicht ich es war, aber intuitiv fiel es mir schwer, davon abzulassen.

Das Institut befand sich in einer herrschaftlichen Villa am Fuss des Bieler Beaumont, schöner Berg. Wir machten Schreibübungen, einfache, basale Dinge. Es tat mir gut, auf den Boden der Tatsachen geholt zu werden. Ich pustete gerne an Ort und Stelle simple Szenen aufs Papier. Die Texte der anderen kritisierte ich schonungslos und erwartete im Gegenzug ihr hartes Urteil.

Das Studium war ein Privileg. Gerade deshalb war es mir zu wenig mutig. Wieder einmal war ich auserkoren worden, den Mund aufzumachen. Meine Klassenkameraden und -kameradinnen waren viel zu klug und gebildet. Sie wussten, dass es der Karriere nur hinderlich wäre, sich mit der Schulleitung anzulegen. Ich haute mächtig auf den Putz. Eine Lehrperson verliess mitten im Semester die Schule, nachdem wir uns über altertümliche Mittel und überkommene ästhetische Vorstellungen beklagt und mit ihm gestritten hatten. Er hatte genug von uns Rotzbengeln, insbesondere ich hatte ihn aufgeregt. Marco, ein Klassenkamerad, der ursprünglich eine Gärtnerlehre gemacht hatte, resümierte, dass der Dozent und ich uns einfach zu ähnlich gewesen seien.

Gleichzeitig war mir die Akademie inzwischen ans Herz gewachsen. Ich buchte an der Universität Zürich wieder Philosophieseminare. Ich beschäftigte mich mit der Frage, wie es um das Verhältnis von Philosophie und Literatur stand. Ob nicht beides dasselbe sei. Oder ob Philosophie die kupferne Achse einer gläsernen Drehtür fasste und die Literatur das Publikum sei, das hindurch ins Theater strömte. Vorlesungen besuchte ich selektiv, nur wenn gerade kein interessantes Gespräch in der Doktor-Faust-Gasse im Gange war. Ein zuverlässiger Wert war Samuel. Er war Redaktor einer Zeitschrift gegen Literatur, in der auch ich hin und wieder literarische

Texte veröffentlichte. An manchen Wochenenden spielten wir ein Spiel, das vollständig in einer ausgedachten Welt stattfand. Samuel war der Meister über diesen Kosmos. Unsere illustre Gruppe von Zwergen, Elfen und Kriegerinnen spazierte darin herum und brachte alles durcheinander.

Samuel erkundigte sich, wie es mir in Biel so ergehe. Ob ich auch schon einen Roman über meine Grosseltern plane. Dabei lehnte er sich leicht nach vorne und lächelte mit zitternden Augenlidern. Er war der dezidierten Meinung, dass Literaturproduktion nicht vom Staat gefördert werden sollte, sondern umgekehrt Leute für den freigeistigen Genuss des Schreibens bezahlen müssten. Meiner Meinung nach war das Problem, dass Literatur gerade nicht genug gefördert würde. Ich sagte, leider werde am Institut keine echte Magie betrieben. Die Gesellschaft hätte die Experimente an der blutigen Kante der Sprache eigentlich dringend nötig.

Je länger ich darüber nachdachte, umso mehr schien es mir eine vergebene Chance. Ich schrieb einen Zeitungsartikel, in dem ich den eklatanten Mangel an Fantasie und Zukunftsvisionen am Institut monierte. Es war ein handfester Skandal. Ich war der so wohlwollenden Institution in den Rücken gefallen. Der Zeitungsartikel war im Eingangsfoyer der Villa wie der öffentliche Fahndungsbrief eines Schwerverbrechers angeschlagen. Eilig wurde eine Gesprächsrunde einberufen, bei der niemand vom gefassten Standpunkt abwich. Hatte ich dort einen Stein ins Rollen gebracht, dann rollte er nur langsam. Das Papier der angenagelten Zeitungsseite zerknitterte, bis sie jemand endlich abnahm, und damit war die Sache gegessen.

Unbeirrt machte ich weiter. In den Seminaren wiederholten wir den Stoff der Universität, nur in abgespeckter Form. Wie wir jemals ein Buch publizieren sollten, blieb dem Schicksal überlassen. Wer dazu berufen war, würde den Weg schon finden. Ich haderte. Machte mir das Schreiben überhaupt Spass? War ich dazu gemacht, mit Buchstaben zu unterhalten? War es wirklich das Einzige, das ich mit meinem Leben anfangen konnte? Oder wollte ich es bloss, weil Henry es von mir wollte? Auch an diesem vermeintlichen Hort der höchsten der hohen Künste interessierte sich fast niemand für meine lyrischen Anwandlungen.

Ich zwang mich, Absätze in Fliesstext aneinanderzureihen. Mit Kurzprosa hatte ich in der Kindheit das Schreiben entdeckt, nun war ein Roman von mir gefragt. Wir lasen Virginia Woolfs *A Room of One's Own*, und wie sie sahen wir die alten Pfade in neuem Licht. David Foster Wallace lehrte mich das Fokussieren der Augenlinse und das Schwimmen im Fluss der Zeit. Ich lernte die Gedichte von Inger Christensen kennen, und die Stimme von Friederike Mayröcker sang in meinen Ohren. Isaak Babel erzählte die Geschichte seines Taubenschlags, Tove Ditlevsen von den Strassen Kopenhagens. Und Dante zeigte mir, wie einfach es war, Erzfeinde in die Hölle zu schreiben.

Die Inszenierung als Zauberschule war glaubhaft gelungen. Es roch wie der antiquarische Inhalt einer Plunderkiste, die lange im Estrich gestanden hatte. An den porösen Tapeten lagerte sich Staub. Die Herbstsonne erreichte kaum mehr das düstere Treppenhaus. Mehr und mehr versank ich im Zentrum der eckigen Spirale, die um das Atrium kreiste. Ich hielt ein Referat über das *Decamerone* und sagte einige Male irrtümlicherweise Botschatscho, wofür ich mich anschliessend sehr schämte. Das Kichern aus den Reihen sucht mich noch heute heim.

7

Henry feierte einen Runden, und alle kamen. Die ganze alte Garde tanzte an und zwängte sich in den blumigen Innenhof an der Florhofgasse. Niemand fehlte. Bei dieser Gelegenheit wurde auch bekannt, dass Henry schon seit einer Weile eine neue Freundin hatte, die er zu heiraten gedachte. Er hatte Valentina in der Waschküche des Hauses angetroffen beziehungsweise aufgefunden und seiner Erzählung nach bei sich aufgenommen. Valentina hatte zwei Stockwerke über Henry gewohnt. Sie war bei einer einsamen Frau untergemietet, die von zu Hause aus an der Börse handelte und Valentina drangsalierte und plagte. Als Kind ausgewanderter Schweizer war Valentina in Amerika aufgewachsen. Darum sprach sie ein eigentümliches Schweizerdeutsch, worüber sich Henry prächtig amüsierte.

»Well, schön seid ihr alle hingekommen«, sagte Valentina zu den zahlreichen Gästen. Henry hatte ihr einen Ring geschenkt, den er extra für sie hatte anfertigen lassen. Das Weissgold fasste einen Tansanit, einen seltenen Edelstein, der hauptsächlich in Tansania abgebaut wird. Als Gegenleistung für eine dubiose Sache, über die Henry nur ungern Auskunft gab, hatte er diesen Stein vor Jahrzehnten erhalten und bis dahin gut aufbewahrt. Sein Freund Bobby war darin involviert, den Henry und ich besucht hatten, als ich noch ein Kind gewesen war. Bobby besass in Mombasa eine Villa mit Schwimmbecken und Meeranstoss. Im Wasser des Beckens dümpelten faulende Blüten der Mandelbäume. Mächtig beugten sich diese über die Veranda und spendeten heiss begehrten Schatten. Dieser süssliche Geruch der abgestorbenen Mandelblüten war in der Erinnerung untrennbar mit dem Geschmack von Pulvermilch verknüpft. Henry mischte den Schoppen in der Küche an, während ich in den Röhrenbildschirm starrte. Im Wohnzimmer mit Meerblick steuerte ich zum ersten Mal auf einer Videospielkonsole die zweidimensionale Pixelfigur in roten Latzhosen, die auf einem grünen Dinosaurier ritt.

Ich war alleine zum Fest erschienen. Vanja und ich hatten uns getrennt, kurz nachdem ich achthundert Tage lang jeden Tag ein Gedicht geschrieben hatte. Das Rattern der Schreibmaschine bis in die Abendstunden war Vanja enorm auf den Geist gegangen. Aber nicht deswegen waren wir auseinander. Vanja liebte mich nicht mehr, sagte sie. Noch wohnten wir zusammen beim Bahnhof Enge. Dem Namen nach fühlte es sich auch an. Wieder musste ich einen neuen Plan aushecken. Ich hatte die Studien an der Universität wie auch an der Kunsthochschule abgeschlossen und überlegte, in Berlin mit Philosophie weiterzumachen. Etwas reizte mich an den Versuchen, die Welt zu erklären, um dann alles wieder über Bord zu werfen. Daran konnte ja nichts falsch sein. Die Zulassung für die Humboldt-Universität lag bereits im Briefkasten. Ich hatte den Wohnungsmarkt in Zürich überlebt, ich würde auch ein Zimmer in Berlin finden. Inzwischen war der Wert meiner digitalen Münzen erheblich angestiegen. Die Investition der letzten Batzen hatte sich gelohnt. Ich konnte mich vollständig eigenfinanzieren, was das Elterntrio, neuerdings wieder Quartett, sehr erfreute.

Meinen Schwestern ging es prächtig. Stella absolvierte ein Praktikum bei einer Zeitschrift für Frauen in der Wirtschaft. Sie war halbherzig bei der Sache, aber der Schulabschluss war in greifbarer Nähe. Vanille studierte Fotografie in Lausanne. »Wenn die Jury Vanille mit diesem Portfolio nicht aufgenommen hätte, wäre ich selbst nach Lausanne gefahren und hätte denen ins Gesicht gesagt: Euch spinnt's wohl!«, verkündete Henry und schwenkte dabei das Champagnerglas. Er pflegte dieselbe Geschichte dreimal hintereinander jeweils anderen Gästen zu erzählen.

René hatte seine Agentur verkauft und war im Ruhestand. Er erledigte hoch dotierte Einzelaufträge für Firmen, die er spannend fand. »Wenn mir jemand nicht sagen kann, was die Zielgruppe ist, dann interessiert mich das Produkt nicht«, sagte er. Paolo hatte ein Studium in London an einer Eliteuni begonnen und lebte auch dort. Zu Weihnachten kehrte er jeweils zurück und erzählte von seinen Abenteuern. Donatella malte wieder, strickte kunstvoll nahtlose Kleider und wusste nicht, dass sie bald berühmt sein würde. »Ich komme kaum noch nach mit lismen, ich habe so viele Aufträge«, klagte sie. Zu mir sagte Donatella: »Du hast dich sehr gemacht in den letzten Jahren. Wie damals bei deiner Geburt. Zwei Wochen warst du zu spät für den Termin. Aber dann, auf einen Schlag, hast du dich laut zu Wort gemeldet.«

Jetzt wurden Valentinas grandiose Schokoladenkuchen aufgetischt, und die Meute stürzte sich drauf. Ich war allein und blickte an die Decke des Himmelszeltes. Es begann sanft zu nieseln.

Und dann kam Venus.

Epilog

Ich gehe die Treppe hoch. Die Stufen sind hölzern und ausgetreten. Meine Hand am Geländer schaut aus einem tiefblauen Anzugärmel hervor. Der Stoff ist hervorragend gefertigt, schimmert dunkel und sanft. Er sitzt wie angegossen, ich sehe aus wie ein Kadett. Ich habe ihn an der Bahnhofstrasse in der Filiale eines italienischen Nobelschneiders gekauft. Donatella war mit mir mitgekommen und irrsinnig stolz, dass ich meinen ersten Anzug an bester Adresse selbst bezahlte. Sie fand, ich sei darin ein anderer Mensch und er stünde mir unglaublich gut. Der Verkäuferin sagte ich, es wäre für ein Vorstellungsgespräch bei einer Bank, obwohl es für eine andere Art von Vorstellungsgespräch gedacht war. Ich mochte keine unangenehmen Fragen. Zum Beispiel, ob man denn vom Schreiben leben könne.

Die Treppenstufen der ehrwürdigen Stadtvilla am Zürichberg knarzen. Meine bedächtigen Schritte hallen, eilen mir voraus und schleppen hinter mir. Während der letzten fünf Jahre habe ich mir diesen Moment jeden Tag vorgestellt. Mehr noch, ich habe diesen Moment heraufbeschworen, mir vor dem inneren Auge vergegenwärtigt und visualisiert. Auch, nachdem Vanja und ich uns getrennt hatten, auch, als ich während sechs Monaten in Berlin war, auch, als ich mit Venus zusammenkam, meiner lieben Venus, auch, als eine Pandemie die Welt zum Stillstand brachte, und auch, als der Wert meiner Anlagen in den Abgrund stürzte, ja selbst als meine Gedanken und Bisschen meiner digitalen Münzen an die Kriegsfront wanderten, um die Opfer einer genozidalen Invasion zu unterstützen.

Ich sang, sang das heilige Lied aus voller Kehle und warb um die Macht der antiken, der kommenden und der ewigen Götter. Ich kanalisierte das reine Bild. Meinen Kameraden Samuel bat ich um Hilfe, diesen Augenblick zu manifestieren. Wir bündelten unsere gemeinsame Kraft, das gesamte Vorstellungsvermögen, vermöge dessen die Imagination das filigrane Wirklichkeitsgefüge justiert. Ich stehe in Flammen. Denkbar gelassen für so einen wichtigen Anlass, taste ich mich nach oben. Ich bin mir nicht sicher, auf welchem Stockwerk ich erwartet werde. Jetzt beginnt mein Herz zu pochen, und mein Mund wird trocken.

Serge hatte mich in Kontakt gesetzt. Er war aus Los Angeles zurückgekehrt und lud mich zum Wiedersehen bei seinem Geburtstag ein. Damit ich nicht zu lallen beginnen und mich blamieren würde, nahm ich mir vor, am Fest keinen Alkohol zu trinken. Donatella, René und Henry waren auch dort. Wir grillierten regionale Bratwürste. Serge stellte mich seinen Bekannten als so was wie der Neffe vor, und wir erinnerten uns an die Märklin-Bahn, die wir nie fertig gebaut hatten. Ich erzählte, wie seltsam es sich anfühlte, an Seminaren zu Kants Philosophie per Videoanruf teilzunehmen, und hinter mir huschte Venus durchs Bild. Einer von Serges guten Freunden insistierte, dass ich ein Glas Rotwein mit ihm trinke. Dann schreibt es sich besser, sagte er. »Schreib über etwas, das du kennst«, fuhr er fort.

Die Assistentin im Vorzimmer hilft mir mit einem lächelnden Fingerzeig. Ich finde die Tür zum Büro. Einen kurzen Zeitraum, Platz für ein Museum und ein ganzes Leben, verharre ich reglos. Ich stecke meine Hand in den Ärmel und kratze mich am Arm. Der Stoff spannt, ich höre dumpf einen Faden reissen. Panisch kontrolliere ich die Nähte. Von aussen ist nichts zu sehen.

Nachweis

Das Zitat auf der Seite 188 stammt von der DVD *Poesie auf Zeit*, Sprechstation Verlag, Konstanz 2004.